中山 최병두 세 번째 시집

오뚝이냐 불사조냐

中山 **최병두** 지음

도서출판
이유

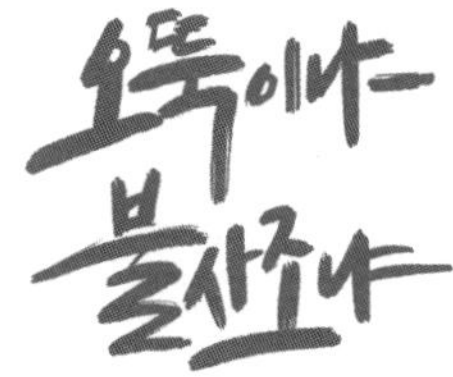

지은이 | 최병두
펴낸이 | 정숙미

1판 1쇄 인쇄 | 2022년 4월 20일
1판 1쇄 발행 | 2022년 4월 25일

기획 및 편집 책임 | 정숙미
마케팅 | 김남용

펴낸 곳 | 도서출판 이유
주소 | 서울특별시 동작구 동작대로23길 15, 미광빌딩 2층
전화 | 02-812-7217 / 팩스 | 02-812-7218
E-mail | verna213@naver.com
출판등록 | 2000. 1. 4 제20-358호
ISBN 979-11-86127-24-7 (03810)

中山 최병두 세 번째 시집

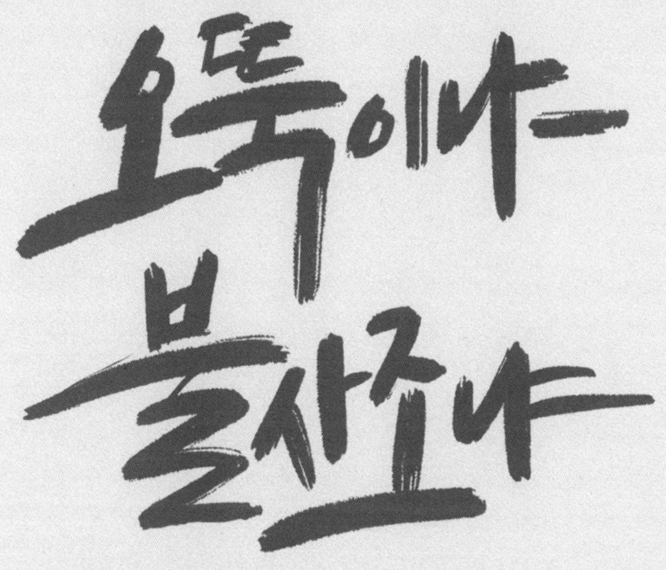

<펴내는 글>

세 번째 시집을 내면서……

1·2집도 거의 우국과 애국을 바탕으로 엮어냈지만, 돌변한 무리들의 불장난으로 정부 세워 3년 차의 정리 안 된 조국 강산을 악질 강국의 앞잡이들이 동족이요 형제도 아랑곳 않고 탱크를 앞세워 무자비하게 짓밟을 제 침략군과 맞닥뜨려 산악전을 치르는데 너무나 형편없는 보급으로 말 못 할 그 고생을 어이 필설로 다하리오.

그 슬픈 민족상잔이 어언 70여 년, 이제는 세월과 함께 사라져가는 비참하고 처절한 악전고투를 되짚어 생각하며 풍자스럽게 표현할 수밖에 없었습니다.

향수나 분을 바르는 미사여구는 평온한 분위기에서 심오한 실감이 솟아오를 때 그 기쁜 마음에서 우러날 감정의 흐름이라 할 것입니다.

옅어지는 통일안보에 조금이나마 도움이 되고 6·25 투사들의 노고를 다시 한 번 생각해 보는 촉매제 역할에 조금이라도 도움이 됐으면 할 따름입니다.

독자 여러분의 가차 없는 비평을 겸손히 받아 문학 활동에 '자양분'으로 삼겠습니다.

中山 최병두

<추천사>

민족의 비극을 시(詩)로 승화시킨 재인(才人)!

박상현
(한국 한문교사중앙연수원 교육위원,
한국전례원 명예교수)

호국영웅이요, 애국지사이시며 시인이신 최병두 선생은 낭만적이며 강직한 성품으로 초등학교 교사 근무 중 6·25의 골육상쟁에 참전하여 천신만고의 악조건을 이겨낸 '불사조'의 투사이십니다.

일제 강점기와 한국전의 수난기에 보기 드문 최악의 여건을 극복한 애국투사로서 또한 공(公)·사(私) 교육 67년의 교육 선각자이시기도 합니다.

근대사의 산증인으로서 서사적, 계몽적 풍자시로 《오뚝이냐 불사조냐》의 세 번째 시집을 간행하여 남·북 형제의 부당한 싸움을 겪은 그대로 적나라(赤裸裸)하게 서술하였습니다.

민족의 비극을 시로써 국민에게 알리는 이 보람찬 내용이 통일과 안보의 재인식에도 좋은 촉매제가 되리라 확신하며, 벌써 70여 년의 비극을 시나브로 잊어가는 즈음에 피와 눈물과 땀으로 지켜온 참전용사의 악조건과 싸운 투혼을 일독하면서 생각 못한 당시의 상황을 회상하는 글이 되리라 의심치 않아 이에 감히 추천합니다.

2022년 3월 25일

<축사>

적나라한 풍자시(諷刺詩)에 담긴 깊은 애국심!

백국호

(우송문학회장, 문학춘추 작가회장,
전 장성문인협회장)

초등학교 교사이던 최병두 선생님은 북군의 남침으로 군복으로 갈아입고 산악전의 만고를 겪은 6·25의 전사로서 열악한 보급 속에 천신만고를 이겨내며 오직 애국심 하나로 온몸을 바치신 철저한 애국투사입니다.

어느 세상, 어느 전투에서도 그와 같은 악전고투는 없었을 것을 이 《오뚝이냐 불사조냐》의 시집 속에 적나라하게 풍자시(諷刺詩)로서 당시를, 우리가 예측 못할 비참한 내용을 깊이 있고 가슴 울리게 서술한, 그 쓰고 짜고 매운 수난의 글이기에 4·19세대, 5·18세대, 촛불세대는 물론 남녀노소 할 것 없이 전 국민이 빠짐없이 읽어야 할 필독의 시집이기에 축하한다는 글 몇 마디로는 도저히 펜을 놓을 수가 없기에 서슴없이 가필합니다.

그 무서운 기합 속에서 지금은 눈 씻고 봐도 없을 왕거지요, 일곱끼니를 굶고도 혹한 속에 산악전을 겪은 그 군인들의 고생을 이 시집이 아니었으면 도저히 알 수 없을 전쟁사적 가치가 너무나 크기에, 또 이런 숨겨진 잔혹한 당시의 내용을 밝혀준 시집은 미증유(未曾有)이기에 현대인 모두가 꼭 정독 음미하여 충성심이 충만한 애국투사의 숭고한 정신을 거울삼고 추앙하자는 간절한 마음으로 삼가 재삼 축하의 말씀을 드립니다.

2022년 3월 25일

<축사>

시상(詩想)으로 풀어낸 애국심은 삶의 표상!

최억주
(재경수성최씨 종친회장)

북한의 기습남침으로 동족상잔의 6·25전쟁이 발발하던 당시, 초등학교 교사이신 최병두 시인은 총탄이 빗발치는 치열한 지리산 및 최전선 전투에 참여하셨습니다.

수차례 사선(死線)을 넘나들며 포연탄우의 격전에 참여한 불굴의 용사로서 전쟁터에서 생존한 전쟁의 호국영웅이요, 애국심이 투철한 대한민국의 자랑스런 청년이셨습니다.

어느덧 노경에 선 최병두 시인은 일제 압박의 강점기와 처절했던 6·25전쟁, 군사독재와 민주화운동, 그리고 고도성장의 대한민국 역사를 온몸으로 체험하신 산증인이시니, 삶의 존재 그 자체를 찬탄하지 않을 수 없습니다.

시력(詩歷) 30여 년의 최병두 시인의 시상에 떠오른 애국심과 애향심은 한민족의 남다른 삶의 표상이시며, 또한 열정적인 교육관으로 자녀들의 교육과 공(公)·사(私) 교육에 헌신하신 67년의 경륜은 감히 언급할 수도 없는 초인간적인 불굴의 투지와 확고한 신념으로 큰 업적을 이루셨으니 마치 거산과 같은 산물이라 감히 표현해 봅니다.

온 인류가 코로나19 감염병으로 죽음의 공포와 두려움 속에 멈춰 있는 일상 속에서 펴낸 세 번째 시집 《오뚝이냐 불사조냐》는 노경인

시인의 삶 그 자체라 할 것입니다. 시집 간행의 열정과 용기에 온몸에서 전율의 흐름을 느끼지 않을 수 없으며, 진심으로 축하하오며 극찬의 박수를 보냅니다.

피로 물들인 이 강산에 아직도 허물어지지 않고 합쳐지지 않은 155마일의 전선은 시인의 간곡한 마음이 담겨진 《한 많은 DMZ》의 시상을 떠올리게 합니다.

이 땅에서 70여 년 동안 이어진 전쟁의 공포와 위협, 긴장의 삶으로 동족 간 비극의 역사를 한 권의 시집에 담아서 잊혀져 가는 조국의 통일과 국가안보의 중요성, 그리고 애국애족 사상을 고취시킴에 충분한 가치를 찾을 수 있을 것으로 확신합니다.

세 번째 시집 《오뚝이냐 불사조냐》 희귀한 시집의 간행을 진심으로 축하하오며, 신의 가호가 함께 하시길 기원합니다.

2022년 3월 25일

<발간에 붙이는 글>

100년을 불사조로 살아오며 온몸으로 써온 시편들

박형동 /시인

-장성문인협회장, 전남문인협회장, 한국문협 이사 역임
-전남문학상, 전남시문학상, 전라남도문화상 수상,
 들뫼시비동산 건립
-저서 : 《장성문학대관》편찬, 시집 《나, 틈에서 살다》외 다수
-문예르네상스 사업 자문위원(전남)역임, 현 장성군 홍보대사

1. 들어가는 말

겨울이 물러가기 싫어서인지 하얀 눈을 소복이 내렸다. 한 사람이 지나가고 눈 위엔 발자국이 찍힌다. 그리고 많은 사람들이 지나가다 보면 그 발자국은 이내 다른 사람들의 발자국에 다시 밟혀서 결국 미끄럽게 다져진 빙판이 되고 만다. 그 옛날 눈이 내린 날이면 아무도 걷지 않은 마을길과 신작로, 운동장은 하얀 눈만 반짝이는 미지의 세계 같은 것이었다. 우리는 맨 처음 그 길을 걸을 때는 조심조심 예쁜 발자국을 남기며 멋진 모양을 그리거나 마음속에 떠오르는 글씨를 쓰기도 했다. 하얀 눈밭을 맨 먼저 걸어가는 사람은 그런 존재였다.

인간은 누구든지 결국 발자국을 남기게 된다. 그 발자국이 질서정연하고 아름다울 수도 있고, 무질서하고 어지러울 수도 있다. 그 발자국이 선을 향해 이어질 수도 있고, 악을 향해 빠져들어 갈 수도 있으며, 자신은 물론 관계를 맺는 많은 사람들에게 선한 영향력을 미칠 수도 있고, 사회를 어지럽힐 수도 있다. 사람들은 대개 어려서는 선한 꿈, 큰 꿈을 꾸며 자라다가도 성장한 뒤에는 자기가 원하는 성공과 출세를 위하여 정신없이 달려가다 보면 수렁에 빠진 사람처럼 그 발자국이 어지럽게 된다. 그러나 황혼에 접어들면 사람들은 대개 자기가 걸어온 발자국을 돌아보며 자기의 삶을 정리하려고 한다. 한 사람의 인생은 그 발자국에 의해 평가를 받게 된다.

중산 최병두 선생의 시집을 대함에 있어서 발자국 이야기를 먼저 꺼내는 이유는 선생이 걸어오면서 남긴 발자국이 예사롭지 않기 때문이다. 필자는 2년 전 선생이 장성문학상을 수상한 후 장성문인협회의 연간집 『장성문학』에서 「최병두 선생의 문학과 생애」에 관한 특집원고를 부탁받았을 때, 감히 승낙을 하지 못하고 간곡하게 사절했던 적이 있었다. 아무리 생각해도 선생의 생애를 꿰뚫어 볼 자신도, 그 문학세계를 논할 자신도 없었기 때문이었다. 선생은 거대한 지리산 같은 분이어서 나같이 무릎이 약한 사람으로선 그 높은 산을 등정할 엄두를 낼 수가 없었다. 한 골짜기에 빠져서 헤매다가 길을 잃을 것이 뻔하기 때문이었다. 선생은 내가 감히 올려다보거나 들여다볼 수 있는 분이 아니었던 것이다.

그러나 100세를 바라보는 선생이 《오뚝이냐 불사조냐》를 상재하시고, 어렵게 이 원고를 부탁하심을 당하여 더 이상 거절할 염치가 없었다. 이제 감히 어리석은 눈과 헤아림으로 선생의 삶과 문학세계를 받듦에 있어서 그 부족함을 넓고 깊은 이해를 바라면서 이 글을 올린다.

2. 중산 선생의 생애

선생은 1929년 그러니까 일제의 핍박과 착취가 가장 극심할 때, 전남 장성군 삼계면에서 동학농민운동의 선봉에 섰던 조부(최윤주/ 동학농민혁명군 포사대장)의 얼을 이어받아 최응류 씨의 아들로 태어났다. 10세 되던 해 신대한문의숙에서 수학했으며, 집에 강아지가 태어나자 '十一月三日拘色生'이라는 글을 지어 신동이라는 소리를 들었다. 또한 1940년 사창초등학교 4학년 때는 〈까마귀 떼〉라는 수필로 조선일보 『소년조선』에 게재되기도 할 만큼 어렸을 때부터 문학적 재능이 뛰어났다.

필자가 태어난 해인 1949년 초등학교 교사 시험에 합격하여 필자가 졸업한 장성서삼초등학교 교사로 부임하여 열정적으로 가르친 결과, 장성중학교의 수석합격자를 배출시키는 한편, 학문적 열정이 특심하여 《한국사 문제집》이라는 책을 펴내기도 했다. 선생은 첫 직장에서부터 사명감과 책임의식이 남달랐던 것이다.

한국전쟁 당시에는 7년 여에 걸쳐 수도사단(맹호부대)에서 한국전쟁에 참전하여 '663고지 전투'와 '713(휴전전투) 전투'에서 혁혁한 공을 세워 사단장 표창장을 받았다. 제대 후 고향 장성으로 돌아가 삼계서초등학교 교사로 근무하다가 1965년부터 대영, 일신, 제일 등 종합학원장과 대한웅변학원장을 역임하면서 자신이 당시 국민의 반공의식을 고취하기 위한 전국 통일·안보 웅변대회 <상기하자 6·25>에서 입상하기도 하였다. 같은 해 〈파랑새 푸른 깃발〉을 『한국문학』에 게재하면서 틈틈이 문학활동을 지속하던 중, 1998년에 첫 시집 『한 일에만 미쳐야……』를 출간하였다. 학원교육에 전념하면서도 문학에 대한 꿈과 사랑을 버리지 못한 선생은 2013

년에 두 번째 시집《한 많은 DMZ》를 출간하였다.

한국문화가 중국문화에 깊은 영향을 받았음과 한문을 모르고서는 한국어도 잘할 수 없다는 것을 절실히 느낀 선생은 2000년 그의 나이 71세에 중국 유학을 거쳐 중국어와 한문교육을 하였다. 그는 다방면에 대한 관심으로 성실하게 노력하고 연구한 결과, 1급 이상의 교육 관련 자격증을 10여 개나 취득했으며, 사회적으로도 다방면에 봉사하고 헌신함으로써 20여 개의 훈장을 받는 괴력을 보였다. 이런 점으로 볼 때, 선생이 얼마나 적극적이고 긍정적으로 살아왔으며, 또한 목표의식과 국가관, 인생관이 투철했는가를 짐작할 수 있다.

이제 선생이 연수가 94세에 이르렀는데도 젊은이 못지않은 건강을 유지하면서 왕성한 활동을 하고 있음을 보며, 필자같이 범상한 사람으로서는 도저히 그의 삶의 폭과 깊이와 이상(理想)을 짐작하기도 어렵다.

결국 선생은 혼란과 격변기를 살아온 우리 세대의 큰 스승이시다. 도저히 흉내를 낼 수도 없지만, 올려다볼 수는 있는 것이다. 나다나엘 호오돈이 그려낸 것처럼 높은 바위산을 올라갈 수는 없어도, 그 얼굴과 행적을 먼 발치서나마 날마다 올려다볼 수는 있는 것이다. 그리고 날마다 큰바위 얼굴을 올려다보며 살다 보면 그 얼굴을 닮아갈 수는 있는 것이다. 우리는 이 땅의 큰바위 얼굴들을 올려다보며 살아가야 한다. 그리고 그 얼굴을 닮아가야 한다.

어른이 없는 사회는 불행하다. 우리가 아무리 급하더라도 소중한 우리의 것, 아름다운 우리의 전통, 자랑스러운 우리의 얼은 지켜가야 하며, 격변기에 있어서도 안정과 질서를 유지하며 발전해가야 한다. 그러기 위해서는 어른의 권위가 흔들려서는 안 된다. 어른이 없으면 그 사회는 천박하게 된다. 어른이 없으면 그 사회는 질서가 없게 된다. 어른이 없으면 그 사회는 교육이 불가능하게 된다. 오늘날 한국교육이 황폐화된 이유는 어른이 없기 때문이다. 밑바닥이 훤히 내다보이는 얄팍한 인권이니, 평등이니, 자유니, 하는 것들에 정신을 홀리다 보면 어른의 권위가 무너지고, 어른의 권위가 무너지면 학생들은 아무리 좋은 교육내용이라도 받아들이지 않게 된다.

오늘날 우리 한국교육의 현실을 보라. 얼마나 혼란한가? 어른을 우습게 보고, 교사의 권위가 땅바닥에 떨어져 버렸다. 무너진 교실에서는 인간교육이란 찾아볼 수 없고, 경쟁은 수단방법을 가리지 않고 염치와 예의는 찾아볼 수 없게 되어 버렸다. 이런 현상은 우리가 극심하게 겪고 있는 현실이며, 한국의 미래를 매우 어둡게 하고 있다. 교육에서 어른(교사)의 권위가 무너지면 그 교육은 죽은 교육이요, 약육강식의 수단만 가르치는 사회일 뿐이다. 예의와 염치, 배려와 존중, 공존과 협력, 조화와 번영은 기대할 수 없다. 어른을 꼰대로 비하하는 현실에서는 어떤 아름다운 것도 기대할 수 없다.

이와 같은 시대에 중산 선생의 삶과 모습은 우리에게 주는 교훈과 시사하는 바가 심히 크다고 할 수 있다. 진실로 최병두 선생은 윤리와 가치질서가 무너져 버린 세상에서 어떻게 해야 이 사회를 바람직하게 지켜가며 발전시켜 나갈 것인가를 자신의 삶으로 보여주고 있다.

3. 중산 최병두의 삶과 《오뚝이냐 불사조냐》 읽기

❶ 최병두 문학의 성격과 한계

세상의 문인들이여!

문향 그득한 서정, 서사적 읽기 좋은 글만이 참 글이란 게
절대 아니겠지요?
대의명분과 민족정기가 뜨겁게 흐르는 정서 위에 문학도,
예술도 피어나리라 확고하게 믿기에 이런 소름끼치는 글도
한 번쯤 써도 무방할 것 같아 덜덜 떨면서, 많이많이 울면서 썼답니다.
하도 기가 막혀서요.

「대창으로 사람을……」이란 작품의 마지막에 나오는 문장이다. 이 문장이면 선생이 어떤 마음과 문학관으로 글을 쓰는지 알 수 있을 것이다. 선생에게 있어서 문학은 그 자체로서보다는 인간이 어떻게 살아야 하느냐 하는 가치관과 깊은 관계가 있다. 다시 말하면 선생에게 있어서 문학은 그 자체가 목적이 아니다. 모순된 현실에 부딪치면서 구도자적 인간으로서 올바르게 살아가려는 가슴이 너무 뜨거워 글감을 볼 때마다 순수 서정으로 아름다움만을 노래하고 있을 수만은 없었다. 그는 나라와 민족, 더 나아가서는 한 인간으로서 가야 할 길이 너무나 선명했기에 곁눈질을 하면서 해찰을 할 수가 없었다. 그의 성격 또한 강직하기 짝이 없어서 사물과 현상을 돌려서 은유로 포장해서 표현할 수가 없었다. 그는 글감 앞에서 오랜 숙고와 순화로 숙성시켜 낸 문학작품으로 그려낼 만큼 여유롭지 못했다. 그는 글감을 통해 분노와 호통과 절규를 쏟아냈다. 그의 고백대로 '덜덜 떨면서' '펑펑(많이많이) 울면서' 썼다. 때문에 그의 문장은 아름답지도, 음악적이지도 않다. 그의 문장은 정교한 스케치가 되어 있지 않다. 한 순간의 크로키로 굵은 선을 휘저어 미완성된 것 같고, 이중섭의 '황소'와 같이 뼈가 그대로 드러나고 힘줄이 튀어나왔다. 결코 아름다운 그림이 아니다. 그러나 이중섭의 그림

을 비난, 비하할 수 없듯이 최병두 선생의 글도 비난, 비하할 수 없을 것이다.

이 점은 최병두 문학의 한계점이기도 하다. 그의 말대로 순수 서정으로 쓴 시가 되지 못한 까닭에 우리 곁에 두고두고 애송할 작품과는 거리가 멀다. 그러나 혼란과 위기에 처한 우리의 현실에서 인간이 어떤 길을 추구하며 살아가야 할 것인가에 대한 답을 제시하고 있다는 점에서 문학의 한 가지 사명에 충실하다고 말할 수 있다.

❷ 민족의 슬픈 운명을 보듬고 운 시

함박눈이 펑펑 쏟아지는 날
북쪽에서 날아와
하얀 가지에 나래를 접고
한참을 그저 멍하니 앉아 있다가
그냥 날아가는 너.
그래도 뿌연 저쪽
북녘 집이 그리 그리워
쪼록 배를 견디며
하느적 하느적 나는 네 모습이
너무나 너무나 애처롭구나.

〈휴전선 까마귀〉 일부

이 시는 한국전쟁으로 인한 동족상잔의 비극을 노래한 것이다. 까마귀는 우리의 산하에 아주 흔한 철새였다. 겨울이면 온 들판을 까맣게 뒤덮던 새, 고향 산천 어디서나 흔하디 흔한, 그래서 너무나 친숙한 새다. 다시 말하면 우리 민족으로 동일시할 수 있는 글감이었다. 그러니까, 이 시에서 까마귀는 까마귀가 아니라, 우리 민족이었다. 우리 민족은 백의민족으로서 흰색을 사랑하고 숭상한 정서를 가지고 살아왔다. 까마귀는 아름답지도 화려하지도 않은 새로 온몸이 까맣지만, 이것은 우리 민족이 하얀 옷을 입고 살면서도 가난하고 힘들게 살아온 어둠과 겹친다. 흰색과 검정색은 같은 무채색으로서 본질적으로 같은 성격의 색깔이다. 다만 밝고 어둡고의 차이만 있을 뿐이다. 그런데 우리 민족은 흰색을 사랑하지만, 그렇게 밝은 세상에서 살아오지 못하고 탐관오리들에게 착취당하고 나라를 빼앗기다가 남의 나라의 노예처럼 학대받아오면서 살아왔다. 또한, 간신히 독립을 얻자마자 동족상잔의 비극으로 비참한 전쟁으로 싸워야 했고, 휴전이 맺어진 상황에서 남과 북으로 갈려 오도가도 못하는 비극적 현실에 처해 있다. 즉, 우리는 흰색, 밝고 깨끗한 세상을 원하지만, 검고 어두운 세상을 살고 있음을 말해주고 있는 것이다. 더욱이 나라를 지키며 싸우다가 통일을 이루지 못하고 철책선을 지키는 병사로서 굶주림과 추위에 떨고 있는 자기와 같은 처지의 까마귀를 그려낸 것이다.

포성 진동하는 전선의 나날이여!
부엉이, 꾀꼬리도 멀리 가버리고
부상자 아우성만 애절하게 들리는데
석양의 산 그림자 짙어만 가는구나.

뉴스(News)도 아예 없는 전선의 나날이여!
노래도, 웃음소리도 들은 지 그 언제인고.
사상자의 울분 소리만 처량하게 들릴 적에
애국심 그 하나로 오늘 해도 저무누나.

〈흉흉한 전선이여!〉 전문

이 시 역시 병사로서 전선을 지키며 쓴 시다. 지금은 잠시 멈추었지만, 잦은 총성으로 부엉이와 꾀꼬리도 멀리 날아가 버린 깊은 산골짜기의 전장에서 부상 당한 전우의 신음소리가 애절하게 들려오는데 날은 어두워지고 있다. 어둠이 다가오면 배고픔과 추위는 심해지고 불안과 공포는 엄습해 온다. 날이 샐 때까지 눈에 불을 켜고 전선을 지켜야 한다. 그런데 전선 밖에서는 아무런 소식도 들려오지 않는 깜깜이 세상이다. 병사는 오직 애국심 하나로 버티고 있다. 자연의 아름다움이나 인간 사이의 사랑을 노래할 틈이 없는 절박한 상황 속에서 웃고 노래하던 평화는 딴 세상의 이야기일 뿐이다. 이런 한계 상황에서도 그의 가슴에 숨어 있던 시심(詩心)은 분출하고 있다.

웃음소리 피어나던 저 마을에
굴뚝 연기 멎은 지도 몇십 년인고
우물가의 그 여인들 어디 가시고
우거진 잡초 속엔 개구리만 모였구려.

해당화 곱게 핀 저 울타리에
탄흔(彈痕)만 어지러이
마당의 콩·팥 둥치는 깍지만 남고
봉숭아 맨드라미 한결 외롭다.

화약 내음 코를 찌르던 DMZ에
정신없이 깡다구로 살아온 백의민족아

털털 재를 털어 빨아들 입고
허리끈 졸라매며 그래도 가자.

구 백 여 번 외침(外侵)을 당한 이 강산에서
남부여대 뛰고 닫고 끈기로 버텼는데
이제는 부르자 자유 평화 그 노래를
언제나 한데 모여서 춤도 추고 놀거나.

〈빈터[空地]〉 전문

시인의 시야에는 다시 전선의 마을, 부대가 이동하는 곳마다 폐허가 되어 버린 마을이 들어온다. 마을은 인간들의 가장 기초적이고 집단적인 보금자리다. 마을엔 명시적인 규칙이나 윤리는 없지만, 보이지 않는 규칙과 윤리, 그리고 두터운 정과 의리가 존재한다. 마을엔 오랜 역사가 흐르고 전통과 문화가 면면이 흘러내리면서 두터운 공동체의식이 형성되었다. 인간은 거기서 안식과 평화를 누리고 이웃과 오순도순 더불어 살아왔던 것이다. 그런 마을이 전쟁으로 하루아침에 사람들이 모두 죽거나 피난을 가버려서 텅 비어 있는 데다 남아 있는 집은 성한 집이 없이 무너지고 불타 버렸다. 웃음소리도 사라지고 새암가엔 아낙들의 발길이 끊어졌다. 울타리와 새암가엔 무심한 해당화, 봉숭아, 맨드라미만 쓸쓸하게 피어 있다. 을씨년스럽게 콩깍지 남은 마당엔 화약 냄새가 바람에 실려 오고 있었다. 그런 마을에 선 병사로서 이런 비참한 상황 속에서도 민족의 비극을 극복하고 함께 어울려 춤을 추며 살아갈 세상을 꿈꾸고 있다. 어쩌면 불가능한 꿈, 이루어질 수 없는 꿈을 꾸고 있는 것이다. 시인이기에 꿈꿀 수 있었다. 그리고 그 꿈은 머지않아 현실이 되어 돌아왔다. 시인의 꿈은 이루어진 것이다.

뭔가를 하고파서 실컷 뛰었노라.
보람차게 뛰려고 무던히 헤맸노라.
대아(大我) 살려고 천신만고 겪었노라.
강한 그 의욕이 나와 나라 키웠노라.

나름대로 들인 공이 흐뭇하기만 하노매라.
선진국에 들어섬이 땀과 피의 공이라네.
모든 것 차세대에 오롯이 넘겨주고
조용히 고개 너머 저 세상도 그러리.

재산은 뜬구름, 영화는 물거품.
올 때도 빈손으로, 갈 때도 빈손으로.
실컷 뛰다 가는 게 보람찬 나그네라.
그 강 건너 보일 게 있어야 우대하오리.

〈의욕만은 강해야지〉 전문

시인은 압축된 삶을 살았다. 일제 강점기에 태어나서 그 핍박과 착취와 멸시 속에서 자라 청년이 되었고, 해방 전후의 혼란과 민족 분단으로 인한 처절한 전쟁을 몸소 치러야 했으며, 이념 대립의 갈등을 등에 지고 독재에 시달리면서 민주화의 진통과 가치 혼란을 겪어야 했다. 산업화의 물결에 휩쓸리기도 했고, 대중사회와 정보화사회를 거쳐 4차산업혁명의 시대를 살아가고 있다. 그러니까 전통적 농업사회, 산업사회, 정보화사회, 4차산업혁명시대까지 모두 한 생애에 다 담아내며 산 것이다. 조선시대에 태어났다면 농업사회에서 태어나 농업사회에서 죽었을 테니, 지식의 진보나 가치관과 생활의 변화를 경험하지 않고 안정된 일생을 살았을 것이다. 그러나 우리 세대는 한국 사회가 엄청난 발전을 이루면서 몇 세대의 삶을 경험하며 살아온 것이다. 특히 선생의 세대는 선도적 입장에서 잿더미와 쓰레기더미의 나라를 세계 선진국의 반열에 올려놓은 발전을 이룩했다. 위의 시는 그런 발전을 이룩한 선도세력으로서의 정신적 자세를 잘 보여주는 시인 것이다.

그러나 마지막 연에서 '재산은 뜬구름/ 영화는 물거품/ 올 때도 빈손으로/ 갈 때도 빈손으로/ 실컷 뛰다 가는 게 보람찬 나그네라/ 그 강 건너 보일 게 있어야 우대하오리.'라고 한 것을 보면 물질적 풍요와 선진국 진입으로 끝나지 않고 그 이후엔 어떤 정신자세로 살아가며 오늘의 번영을 지켜나가야 할 것인가에 이른다. 창업(創業)보다 수성(守成)이 더 어렵다는 말이 생각나게 한다. 그만큼 그의 정신세계는 탄탄한 것이다.

❸ 힘줄처럼 드러나는 애국심, 피로 지킨 조국에 대한 노래

고기 가시 찔려도 그리도 아리는데/ 멀큼한 대창으로 사람을 어이 찔러?/ 광복군 호국군의 그 청년이 무슨 죄랴./ 반동으로 모두 몰아 여섯 식구 다 죽여/ 예닐곱 살 어린애가 무슨 죄인이여!/ 최상부의 명령은 절대 아닐 거라/ 몰살로 재산 몰수, 부자 그리 되고파서……/ 天人이 공노한다! 지옥 생각 못 했더냐?

〈대창으로 사람 죽여?〉 전문

전쟁이 일어나자, 전쟁보다 앞서 변하는 민심을 본다. 그 민심은 함께 뭉쳐 나라의 위기를 극복하기보다는 현 체제에 대한 불만이 화마(火魔)로 불타 오른 것이다. 한 마을에서 가난으로 멸시를 받거나 천대를 받으며 살아가면서 부자를 부러워했던 사람들이 붉은 완장을 두르고 하루아침에 생사여탈권을 쥔 심판자로 등장한 것이다. 그들은 아니꼬왔던 부자들을 반동으로 몰아 처참하게 처형하는 만행을 저지른다. 그것도 뾰쪽한 대창을 깎아 같은 마을사람들을 찔러 죽인 것이다. 대창으로 찔렀으니 쉽게 숨을 거두지도 못했을 것인데, 죽을 때까지 수없이 찔러 대서 그 피가 하얀 옷을 붉게 물들였을 것이다. 그런 만행을 바라보며 떨리는 가슴으로 쓴 시다. 같은 민족, 더욱이 한 마을에서 아침·저녁으로 인사하며 살아가던 사람들이 이처럼 잔인해지는 것을 도저히 바라보고만 있을 수 없었다. 전쟁으로 인한 인간의 야만성과 잔인성에 진저리를 느낀 그는 교사를 그만두고 입대하기에 이른다.

서정국교 입장할 제 고참들 설치누나./ 차례 기다리다 오줌보 터지겠다/ 에라! 줄을 떠나 변소 뒤에 갈겼노라./ 그 시원함이여! 때로는 임기응변도 하자구요./ 오후엔 노란 명찰, 나도 고참이라./ 쥐꼬리만 한 그 권세로 설치던 꼴불견아.

〈입영〉 일부

22세에 군에 입대하면서 쓴 시다. 초등학교 교사였던 그는 군에 입대한다. 전쟁터로 달려가야 하는 불안하고 답답한 심정과 그런 가운데서도 설치는 고참들의 횡포를 경험한다. 화장실 갈 차례가 너무 길어 견디지 못하고 변소 뒤에서 용변을 본 뒤 명찰을 받고서는 자신도 고참이라는 생각을 한다. 오줌 한 번 눌 시간에 그는 신참에서 고참으로, 명령을 받는 입장에서 명령할 수 있는 입장으로 둔갑했음을 해학적으로 표현하고 있다.

최강의 보병 수도사단 편입이라./ 순천 선평리서 야무지게 사격훈련 잘 받고야/ 지리산 작전 투입, 사수 방어 안 하면 아차 '개죽음'/ 구례 화엄사에 집결 후 야음에 노고단에 기어올라/ 쌓인 눈 싹싹 쓸고 깐 담요에 하늘을 지붕 삼아 잠이라./ 자는둥 마는둥 - 춥기는 그리도 추워……/ '전방에도 그런 추위는 아예 없더라'// 매일 수색과 격전으로 하룻밤에 평균 6번 이동이라/ 잠다운 잠을 어이 잔단 말이여!/ 피 말리는 고생이라 '피 끓는 애국심' 그 아니면/ 하루도 못 버티리./ '악전고투의 백설 작전 할 용사는 손들어 보이소?' -/ '없지요'

〈지리산 전투〉 전문

지리산은 한국전쟁 전후로 가장 치열한 전투를 치른 곳이다. 북으로 후퇴하지 못한 빨치산이 가장 오래까지 항전한 곳이기도 하다. 특히 구례의 피아골(피아간의 전사자가 많아서 붙은 이름, 핏빛 단풍으로 유명함)전투는 유명하다. 피아간에 많은 희생을 낸 전투이다. 최병두 선생은 수도사단 소속으로 사격훈련을 받자마자 이 전투에 투입되어 하룻밤에 6번씩 이동하면서 싸웠다. 눈 위에 담요를 깔고 하늘을 지붕 삼아 자야 했으며, 졸면서 행군하는 그런 전투를 수없이 치렀다. 전우들은 전투를 치를 때마다 하나둘씩 피를 흘리며 쓰러져 갔다. 오직 '피 끓는 애국심'이 아니면 버텨낼 수 없는 전투였다.

그런 전투를 치르며 그는 언 손가락으로 피 묻은 시편들을 남겼다.

"쿵 쿵쿵 쾅쾅 따따따따 웅웅웅……"/ 몸이 공중에 뜬 것 같고, 가슴이 울렁울렁 안정 안 됨이여!/ 밥맛도 없고… 서너 끼니 어설프게 지나서야/ 워낙 배고파 먹기 시작하였더라./ 포성만 진동하는 흉흉한 전선이여!/ 화천 근처의 663고지서 공수의 격전이라/ 시퍼렇던 그 고지가 민둥산이 될 만큼 폭탄의 작렬이다./ 인민군들은 “니들 무슨 부대야?”/ “우린 맹호다.”/ “이 지독한 맹호새끼들 못 해보겠구나.”/ “그럼 잽싸게 물러가라, 알았나?”

〈전방 투입〉 일부

치열한 지리산 전투가 소강상태에 빠지고 많은 부대원이 전사하자, 수도사단은 남원에서 부대를 재편성하여 최전방으로 투입되었는데, 그곳이 유명한 화천의 663고지 전투였다. 얼마나 치열한 전투였던지, 전투를 하면서도 인민군이 아군의 부대 이름을 묻는다.

“니들 무슨 부대야?”

“우린 맹호다.”

“이 지독한 맹호새끼들 못 해보겠구나.”

“그럼 잽싸게 물러가라, 알았나?”

이 전투에서 전사자가 너무 많았다. 그는 ‘죽은 원수(元帥)보다 산 이등병이 복 받은 것’이라고 말한다. 이런 상황에서 아름다운 언어로 순화된 시를 쓴다는 것은 불가능한 일일 것이다. 오히려 투박한 언어구사가 더 자연스럽고 설득이 강하게 다가올 것이다.

전광석화(電光石火)로 조직된 대원 이끌고/ 살살 살살 포복해 큰 바위에 도착/ 그 뒤를 살폈다./ 어! 잽싸게 도망쳤어라./ 골짝 골짝 수색 중 2명의 포로에 30여 정 따꿍총/ 노획의 대전공으로 사단 전투상./ ‘특유의 그 공훈- 저의 수훈이야요’/ 실탄 없는 그 총은 막대기만도-// 적 쫓아 자주 이동하다 주먹밥 보급이 끊겨/ 일곱 끼니 굶었어라-/ 적을 보고도 살살 피해 다행이지/ 응전했다면 전원 전사 틀림없으리-/ 그렇게 철새 된 배에 눈만 집어 먹으니/ 눈알은 깊숙이 들어만 가고……/ 고향산천, 부모형제 생각도 없이/ 수북한 밥 한 그릇만 눈앞에 선하더라.

〈특공대장 되다〉 일부

최병두 병사는 주먹밥마저 일곱 끼니를 굶고 철새처럼 차가운 눈을 집어먹으며 전투를 치르면서 전공을 세워 특공대장이라고 불리게 되었다. 그는 하사관이 되어 7년 여의 군대생활을 하였다. 그 사이 수많은 훈장을 받았다. 그리고 지루한 협상 끝에 전쟁은 멈췄다. 통일을 이루지 못한 채 중단된 전쟁으로 대립과 긴장은 계속되는 것을 바라보며 생살 찢어지듯이 찢어진 민족의 아픔을 그는 다음과 같이 되뇐다.

남쪽의 애국자는 북 바라며 한숨짓고/ 북쪽의 애국자는 남 바라며 가슴 치리/ 능라도 모란봉에 대동강을 그리면서/ 북의 동포 그 고생을 한 시도 못 잊어라./ 정 많은 북의 형젠 서울, 부산 그리리./ 물, 전기, 식량 등 필수품도 모자라/ 그 고생이 얼마더뇨? 가슴팍 미어지네.

〈가슴 치는 겨레여!〉 일부

❹ 생생한 역사와 실록으로서의 서사시

문학이 역사일 필요는 없다. 문학과 역사는 서로 다른 영역이며, 그 역할도 다르다. 그러나 문학 속에 역사가 살아 숨 쉬는 것은 좋은 일이다. 고대 그리스의 《일리아드》, 《오디세이》가 그렇고, 《성경》이 그렇고, 톨스토이의 《전쟁과 평화》가 그렇다. 문학이 역사를 품고 그 역사가 살아난다면 더욱 좋은 일이다. 문학은 스토 부인의 《톰 아저씨의 오두막》처럼 역사의 물줄기를 바꾸기도 했다. 그러므로 문학인이 투철한 역사의식과 풍부하고 깊은 역사 지식을 가지는 것은 좋은 일이며, 예리한 역사적 안목을 지니는 것 또한 유익한 일이다. 그런 면에서 볼 때 최병두 시인의 역사적 안목과 의식은 나무랄 일이 아니다.

신병들 거의 다 제주도로 건너가고/ 나는 하사 되려 그 학교에 입학했네./ 첫날부터 얼차려 몽둥이로 내리친다/ 엉덩이는 졸업까지 빳다에 맡겨두자./ 눈, 코 못 뜰 강훈련을 필설로는 못다 하리./ 먹을 게 너무 적어 배가 고파 기진맥진/ 입고 간 그 복장에 헤지는 걸레 신발/ 어이할거나 나라 위함, 그 전에 기지사경(幾至死境)이어라.// 내 잘못은 없어도 기합 없는 날은 없네/ 입고 간 그 옷이 거의 다 헤어져 꼴불견이여!/ 부인들이 갖다 주신 여러 색 헝겊으로 누덕누덕 기웠으니/ 어딜 가도 그런 꼴불견은 아예 없으리./ 헝겊 주신 그분들도 눈이 벌겋게 훌쩍훌쩍 울면서/ 언짢아하시더라./ 국방 못한 기막힘을 어디다 호소할꼬…….

〈하사 되기 위해〉 전문

철의 삼각지(김화, 철원, 평강)에서 개전 이래/ 최대 격전이 김화 돌출부에서 전개되었다./ 우리 수도사단은 완전 포위돼 그 많은 병력이 손실될 때/ 사단장 최창인은 울부짖는다/ "포위망 속의 저 절규가 들리지 않는가"/ 추가령지구대 그 위만 지켰으면 금강산이 우리 것인데……/ "가자, 포위망을 뚫자." 그 처절한 외침이여!// 우리 CP반은 '제일 창피한' 후퇴를 하고 말았어라./ 김화 돌출부는 몽땅 빼앗겼다오./ 당하고만 사는 우리여! 애석하여라!/ 병력 집중 안 지키고 뭣을 하다/ 피로 지킨 그 땅을 빼앗겼는고./ 에이! 분하여라.

〈휴전 전투〉 전문

중공군의 급습, 그거 통일에 찬물이라./ 그 부대의 후방 치려 미 대통령 트루먼에/ 1편대의 폭격기 달라 했거늘- / 3차전이 위험타는 핑계로 거절하였더라./ 맥아더는 말한다./ "내 군복 입은 이래 계획대로 아니 된 일은 한반도/ 통일이다. 다 된 밥에 재를 뿌려? 가슴 치는구나."

〈통일의 불발〉 전문

위의 시들은 전쟁에 참가하고, 휴전하고, 휴전에 대한 한탄을 담아낸 것이다. 첫 번째 시는 전투병사들의 비참한 상황을 가감 없이 서술하고 있다. 졸업할 때까지 엉덩이를 빳다에 맡겨 놓고 심한 구타를 당하면서 훈련을 받았으며, 아사 직전의 굶주림과 걸레처럼 헤어진 옷을 기워주는 아주머니의 눈물이 독자의 가슴을 울린다. 전쟁의 참혹함을 그 어떤 문학적 표현보다 생생하게 그려내고 있다.

두 번째 시는 용감한 우리 병사들의 전투 현장의 상황을 생중계하는 것처럼 생생하게 엮어냈다. 더불어 금강산을 빼앗긴 한을 두고두고 탄식함으로써 민족의 동일 감정을 불러일으키고 있다. 세 번째 시는 한국전쟁의 영웅인 맥아더 장군의 회고를 통해서 이루지 못한 통일을 통탄하고 있다. 기왕에 치른 전쟁이라면 통일을 이룩했어야 했는데, 수백만의 민간인과 자유세계의 병사들이 죽고 전 국토가 폐허가 되는 엄청난 피해만 남겼는데도 분단 상태로 중단되어 버린 휴전을 안타까워하는 것이다.

❺ 해학과 풍자로 엮어간 이야기들

사단장 송요찬의 별명은 송석두(돌대가리)./ 포병 내무반 사열 때 포병 신병에게/ "너."/ "옛."/ "사단장 이름 아느냐?"/ "옛, 육군 소장 송석두"/ "좋아"/ 뒤따르던 참모들은 사시나무처럼 떤다./ 장교에겐 추상처럼 준엄한 분임을 알기 때문에……// 다음 주 월요일 참모회의 때 참모들은 지난 토요일의/ '송석두' 대답 때문에…… / '오늘 우리 다 죽었다' 몹시 긴장했는데/ 송사단장 왈/ "지난주 내무사열 때 1등병이 나를 돌대가리라 하드구만……/ 좋소, 내가 '돌대가리'라면 제관들은 '쇠대가리'가 되시오./ 돌 더하기 쇠면 강한 부대가 될 것 아니요?"/ '덕으로 살아가면 그 앞길은 무궁하리'/ 훌륭한 지휘관이죠? 명언입니다.

〈훌륭한 지휘관〉 일부

이쯤 되면 배꼽을 빼고 웃어야 할 것이다. 산천초목도 벌벌 떤다는 사단장을 석두라 했으니 그 부대는 줄줄이 죽어날 상황인데 그것을 돌대가리와 쇠대가리로 풀어가는 유머로 풀어가는 사단장의 이야기를 풀어놓고 있다.

〈애국자〉에서는 큰소리만 치다가 비겁하게 도망치면서 한강다리를 끊어 버린 이승만 대통령을 〈해국자〉라고 표현함으로써 쓴웃음을 짓게 한다.(글자를 비교해 보니 애국자에다가 갓을 하나 더 씌워 주었다)

여수국교 주둔한 그때 어느 날 저녁,/어느 보초 앞에 사뿐사뿐 인기척이라/ 갑자기 총검 들이대며/ "정지, 누구냐? 암호? 모르면 쏜다, 손 들어!"/ 암호 잊은 그 사람 너무 다급해/ "나, 나, 중대장 각시, 중대장 각시"/ 잘 확인하고 통과시켰다는 에피소드라./ 다음날 병영 안은 '정지, 누구냐? 암호?'에 '중대장 각시'라/ 소리 지르고 풍자스럽게 떠들며 배꼽 빠지도록 웃었다니까.

〈중대장 각시〉 일부

3. 맺는 말

중산 최병두 선생의 삶이 그대로 녹아난 글들을 모은 이 책은 문학적 이론이나 잣대로 평가할 일은 아니다. 그것은 선생이 살아온 환경과 상황이 우리와 너무 다르기 때문이다. 다시 말하면 우리의 시각으로 선생의 내적 세계를 판단하거나 헤아리는 것은 온당치 못하다. 선생이 태어나고 자라며, 살아온 시대적 상황으로 들어가서 헤아려 본다면 선생의 삶이야말로 선지자적인 삶이며, 자신은 물론 국가의 먼 장래를 위한 투철한 족적을 남기는 삶임을 알게 될 것이다. 어른의 권위가 사라져 버린 한국사회에서 어른으로서 흔하지 않는 표본적 삶이요, 큰바위 얼굴이라 할 것이다.

<차례>

제2장.
겨레와 나라를 위한 군인으로서의 나날들

제3장. 아픔만 남긴 전쟁의 소용돌이

제4장. 역사를 알면, 미래를 지킨다!

제 5장. 지혜로운 삶을 살아야……

제6장. 힘 있는 나라여야 길이 보존되리

제7장. 해학과 풍자로부터 얻는 삶의 지혜

제8장.

전해 내려오는 이야기들에서 배우는 올바른 삶

제1장

오직 내 나라를 사랑하는 마음만으로……

우리는 시달리며 그렇게 살았잖아?

깡패의 그 위세에 마냥 짓눌리어
할퀴고 짓밟히며 근근이 살았잖아!
헐벗고 굶주려도 끈기로 버텼잖아!
우순풍조의 보금자리 은근히 지켰잖아!

조상이 물려준 곳 힘겹게 일구면서
정으로 똘똘 뭉쳐 허리 좀 펴려는데
그렇게 표변해서 총부리를 들이대고
화려강산 짓이겨 무엇을 하자는가.
악독으로 잘 된 나라 절대로 없느니라.

오뚝이의 절치부심(切齒腐心)

남북의 우리 형제여!
큰놈의 위세 빌려 거짓 위세 부릴 사람
없을 것이며, 없어야 하고,
없길 바라는 마음 간절하다오.

‘호가호위(狐假虎威)’ 영리한 여우의 말,
“오늘부터 내가 산군(山君) 호랑이의
위세를 부리겠노라. 천제의 명령이다.”
당당한 여우가 호랑이 앞에
가슴 펴고 걸어가니
모든 짐승이 36계 줄행랑이라.
“봐라, 이만하면 내 위세를 알 지어다.”
실은 뒤의 호랑이 위세에 기겁해 도망쳤는데……

큰 나라 위세만 등지고
깝죽깝죽 허세만 부리다간
자주독립은 저만치 물 건너가리.
자주독립 위해 고생 각오하고 견뎌낸다면야
보람차고 막강한 나라 꼭 될 지로다.
‘절치부심(切齒腐心)’ 하자오.

가슴 치는 겨레여!

남쪽의 애국자는 북 바라며 한숨짓고
북쪽의 애국자는 남 바라며 가슴치리.
능라도 모란봉에 대동강을 그리면서
북의 동포 그 고생을 한 시도 못 잊어라.
정 많은 북의 형제는 서울, 부산 그리리.
물, 전기, 식량 등 필수품도 모자라
그 고생이 얼마더뇨?
가슴이 미어지네.

천지신명께 간절히 비나이다.
핸들 잡은 북의 일꾼 가슴 펴게 해주소서.
판문점서 서로 안고 응어리 풀고지고
사상, 이념 그 응어리 민족애로 풀자고요.
7난8고 이겨내던 불사조가 아니더냐!

부족한 자주얼

일제 강점기 중간쯤에 태어난 사나이가
해방 돼 정부 서니 잘 살자 다지는데
군 독재, 민주혁명의 우여곡절 겪었네.
권력에 마비되어 대국에 기대고야
큰 눈으로 아니 보고 어물쩍 안일하다
한방에 서울 내주고 인명, 재산 날렸네.

반만 년에 걸친 굶주림과 헐벗음도
끈기로 이겨낸 그 역사 있었건만
외교에 어리숙해 큰 실수들 범했다.
우리는 오뚝이다 앞만 보고 달리자.

역적이 따로 있나

시끄런 그 장터는 도둑놈이 좋아한다.
북군의 급습으로 무법천지 되었구나.
악질 도둑 방위사령 김윤식은
수용된 젊은이들의 피같은 그 식량을
모조리 갈취해 큰 부자 되려 드니
피난살이 젊은이들 굶주려 쓰러지네.

쓰레기 뒤지는 알거지 신세러라.
그 도둑 바로 잡혀 큰 죄 덮어씌워
사형은 했다지만 세상에 이럴 수가……!
큰 분(憤)이 안 가시네.

하나인 "한강 다리 끊어라" 명령으로
그 많은 서울시민 수장될 걸 생각 못한
무능한 남의 대표……
아! 비참한 국민이여!
그래도 불사조라! 털털 털고 일어섰다!!

못 합칠 이유 없다

정글의 나무들은 불평 없이 잘 자라고
오수, 탁수 안 가리고 합류해서 바다 되네.
말이 좋아 평화애호, 못 당해서 굽힌 거지.
사대(事大) 그것 아니 해도 살아갈 저력 있다.
작아도 잘만 사는 저 베네룩스 3국들과
이스라엘, 덴마크, 영국, 스위스들
자기 판단 잘도 해서 강국 되고 잘만 사네.

큰 나라만 바라보다 갈등만 커가누나.
조선, 한국 다 버리고 '새 고려'로 하나 되어
눈이 어둔 정권패들 저만치 밀쳐 두고
멀쩡한 애국자끼리 똘똘 뭉쳐 하나 되세.
오뚝이요, 불사조는 7난8고 이겨내리.

골육상쟁(骨肉相爭)

싹수 노란 그 집들 티격태격 잘 싸우고
하얗게 벌벌 떨며 시기하고 질투런가.
탱탱 부은 그 낯바닥 헐뜯기 일쑤더니
시나브로 자취 없이 망하더라.

한 집안끼리인데 이론이나
이해타산 파고들지 말 것이야.
뜨거운 정으로만 화끈화끈 통한다면
만사형통이요, 봉올봉올 피어나리.

소아(小我)를 버리고 대아(大我)에 산다면
최강국도 무난하리……
제일 민족 유대인보다 못난 것 하나 없네.
세상의 인텔리들만 소아(小我)보다
대아(大我) 지상주의 된다면
부국강병도야 절로절로 되오리.

빈손으로 와서 인류사회에 최대한 봉사하고
사랑과 감사의 미덕을 후세에 남기고야
그냥 빈손으로 가는 것이 정도(正道) 아니던가.

애국자는 없었다

당초의 그 포부, 청운의 꿈 이루려
외로운 이역살이 고달픔 얼마더뇨.
손톱, 발톱 닳도록 뛰고 또 뛰어
더 넓게 살폈으면 미국 패 수중에서 벗어났을 걸……
군왕 냄새 풍기며 경무대에 앉아
안일하게 그냥그냥 있다가
이의 장막에 첩첩으로 가렸던가.
'정치는 잘 돼 간다.' 그것이 큰 오판이었구려.
전투기, 탱크도 준비 안 된 채 그냥 부산으로 내빼다니
허수아비 수반이여!

아시아, 유럽에도 눈을 돌려 돌려
외교 발판 넓혔으면 많이 좀 얻었을 걸……
미국에만 매달리다 무너진 국정인데 수반 의무
다 못한 당신이기에 해국자는 틀린 말 아니지만……
평판이 이러하니 어이할거나.

좋은 기회 놓쳤으니 나쁜 사람들

독립운동 좋은 결과 얻기도 전에
모택동, 스탈린의 눈치만 보다가
해방 조국에 돌아와 겨레 위해 한 일이
무엇이더뇨.
미국, 유럽까지 발판을 넓혀
조국통일 깊이 좀 새겨
백범(白凡)과 힘 합쳐 통일됐으면
둘이 다 대 영웅 추대됐을 걸……
권력에 눈이 어두워 내 편 아니면 반동이라.

양 대국만 그리 믿고
백범(白凡)과 통일 담판 거절한 그게,
엄청 큰 실수를 저질렀어라.
앙큼하게 두 나랄 등에다 업고
우리 겨레 치고 부셔
뻘건 나라 세웠다면
인명, 재산 피해 태산일 끼고.
민족 반역자로 남을 게 두렵지 않나?
사필귀정이 돼야 하고, 되는 거라오.

보람 없는 독립운동

갑오민중혁명, 그부터 항일 대열에 끼셨구려.
민비 시해범 꼬리 쫓아서 그 원수 기어이 갚은 뒤
중국에서 풍찬노숙, 독립운동 그 고생 얼마시더뇨.
해방 후 당신의 환국으로 기대 컸건마는
미국, EU까지 그 보폭 넓혔어야 질긴 유대로
소망 이뤄 조국통일의 영웅 됐을 걸……

김일성과 통일 담판 부결로 끝내셨구려.
아! 아쉬워라, 어찌 결사코 그 큰 담판 못 이뤘을까?
영웅 백범의 그 큰 허사로
이 민족의 그 고생이 얼마이더뇨.
어째서 목숨 걸고 결판을 못 내셨을까!
오! 기박한 국운이여!
그러나 우리는 오뚝이다,
민족의 그 큰 숙원 이루오리다.

고달픈 형제들이여!

풍매화, 민들레는 운명에 맡기노라.
어떤 놈은 냇물에, 또 어떤 놈은 기름진 땅에,
포장길의 틈바귀에……
떨어지는 대로 살기 위해 모든 지혜 모아
극기(克己) 하노매라.

열차 화통의 틈바귀에서 쇠 녹에 뿌리를 박고
수십 년 견뎌낸 70cm의 뽕나무처럼,
먼 인류의 기원, 그 시절에 지구의 온·습도와 살 조건
찾아 바람에 날려 운명대로 살아가는 풍매화처럼……
유럽에, 아시아에, 아프리카, 미주, 그리고 또
여기저기 찾아 살겠다고 뿌리를 내렸노라.
그 시련의 다소가 인종의 복불복이었더라.

우리 배달족도 만주와 한반도, 북중국에 정착까지
악전고투가 그 얼마였을까?
상상 좀 하세!!
고구려, 신라, 백제로 갈라 골육상쟁의 애달픈 끝에
고려, 조선으로 근근히 발전하다

남북으로 갈라진 비운의 민족이여!

길이 있어도 갈 수 없는 원수의 DMZ……
어이 그 땅 북녘에 떨어져 헐벗고 굶주리며
아등바등 사시나이까?
오! 불운의 동포여!!
허리끈 졸라매고 사방 눈치 살펴 살펴……
인생의 바닥에서 손발톱 다 닳도록 헤매시는지,
그 부족한 의식주에 얼마나 시달리십니까?
가슴 미어집니다. 우리 형제여!
그러나, 그러나 통일 희망 안고 분투하시지요.
그 날까지, 그 날까지……

우리는 동포

위의 침공도 슬기롭게 물리치고
한족(漢族)과도 끈기로 털어내고
흉노, 선비, 말갈족도 지혜롭게 이겨내고
몽고족도 버티다 물리친 불사조다.
고구려와 발해의 후예가 아니던가.
오뚝이처럼 기사회생, 끈질긴 민족이여!

헐벗고 굶주려도 이 땅을 지킨 그 공,
자랑할 공적이요 꿀릴 거 하나 없네.
북쪽 배에 떨어져 그 고생이 얼마이더뇨,
그 많은 우리 형제 언제나 만날거나.
자격 없고 부정한 운전자여!
언제나 회심하여 철 울타리 제거하고
통일가 부를거나!

빈터[空地]

웃음소리 피어나던 저 마을에
굴뚝 연기 멎은 지도 몇십 년인고
우물가의 그 여인들 어디 가시고
우거진 잡초 속엔 개구리만 모였구려.

해당화 곱게 핀 저 울타리에
탄흔(彈痕)만 어지러이
마당의 콩·팥 둥치는 깍지만 남고
봉숭아 맨드라미 한결 외롭다.

화약 내음 코를 찌르던 DMZ에
정신없이 깡다구로 살아온 백의민족아
털털 재를 털어 빨아들 입고
허리끈 졸라매며 그래도 가자.

구 백 여 번 외침(外侵)을 당한 이 강산에서
남부여대 뛰고 닫고 끈기로 버텼는데
이제는 부르자 자유 평화 그 노래를
언제나 한데 모여서 춤도 추고 놀거나.

빤 걸레라고?

눈알이 시뻘건 쪽발이 헌병은 뇌까린다.
"시집이나 가지 왜 날뛰는 거야."
"너 같은 놈 만날까 봐 아니 가노라."
열사 유관순의 피맺힌 항변이라.

병자호란 청의 급습에
"항복이 웬 말이냐?"
윤집, 홍익한, 오달제 같은 열사들이 그 차가운 만주땅에서
팔다리가 부러지도록 개 패듯 맞아도 꿋꿋이 버티다
순국하시며 지켜온,
밟기도 아까운 우리 땅이 아닌가?

항일 독립투사들이 그 쓰고 짜고 매운,
표현 못할 고생을 이기고 지켜온 우리 조국인데,
그 더러운 사대사상에 찌들려 공·후·백·자,
남의 썩은 감투를 쓴 그 많은 친일 패거리들,
쪽발이의 꽁무니나 따르던 똥보다 더러운 친일 주구들을
천신만고를 딛고 깨끗하게 탄생한
대한민국의 공직에 채용했느냐 이거야요.

에이, 찝찝해라.
목숨 건 애국지사들이 지켜온 신성한 조국인데,
쪽발이가 앉던 그 의자에
그대로 앉혀 꼴 갖춘 나라가
어이 깨끗하게 잘 됐다 하리오.

걸레는 빨아도 걸레라.
친일 허물 둘러쓴 더러운 자들이여!
대오각성하고 환골탈태하여 그냥 자숙하지 못할까!

만능의 DNA로 통일 이루자

그 권세 그 양반.
그 점잖에 '에헴'만 하다 새바람, 새 문명, 새 사상!
모든 새 것 나 몰라라 주저앉더니 왜적에 몽땅 앗겨
처절한 겨레 운명 어이 살았나.
전승국 미, 러가 둘로 나눈 불구의 이 겨레, 웬 말이냐!

중(中), 몽(蒙), 만(滿), 왜(倭), 로(露)
그 등살에 하루도 마음 놓고 못 살았노라.
너희들에 판판 둘려 쪽쪽 빨려 못 죽어 살았노라.
생이불여사(生而不如死)러라.
지금이사 아무도 경시 못할 철통 같은 으뜸나라.
둘레 콩새 아니다.
총포다, 핵무기다 으스대지만
우리엔 축지법, 둔갑술의 만능 구사로
단시일에 휘어잡을 '홍길동'의 DNA 있다.

인류를 억누르고 제멋대로 세부리던 세기의 강패국아,
마음 돌려라.

온누리의 중앙에 이 작은 코리아도
예전의 말랑말랑 먹거리 아니라네.
일등국, 선진국 초문명의 너희들아!
우리엔 얼리고[凍] 불태울[燒] 요술이 있어.
별 것 다 갖춰도, 만능 조화로 능란한
'사명당'의 DNA 있노매라.

하늘, 땅, 바다에 두루 통한 전천후 선진이라 우쭐대지 마.
반 만 년 버텨온 매서운 진골이다.
천지를 뒤흔들 힘이 있노매라.
삼천리를 맨주먹으로 날아다닐
천재 요술사 '몽바위'의 DNA 있노매라.

천재지변(天災地變), 인재빈발(人災頻發) 모두 밀려와도,
자연(自然) 발생, 인위(人爲) 발생 온누리를 휩쓸어도
자주통일이사 오매간의 숙명이다.
하늘이 두 쪽 나도 기어이 이루리.
사명당, 홍길동, 몽바위 이항복의 DNA 의젓하다.
공권(空拳)으로 이루리, 통일 KOREA.

흡혈귀(吸血鬼)

만경, 동진 그 강들은 호남 들판의 젖줄이다.
그 젖줄로 흠뻑 적셔 온 들이 풍성한데
생쥐 같은 쪽발이들이 황금 곡식 착취하네.
군산항에 산더미로 쌓아올린 노적인가.
배고파 살 수가 없다.
별 수 없이 논, 밭을 팔아 한숨 몰아쉬며
아리랑 고갤 넘어간다.

'뽕~ 뿌~ 웅~' 쌍고동 울리느냐.
우리 한숨 나 몰라라 하고 일본으로 실려 가네.
경다리 농민들은 대두박, 밀기울로 어이 살거나…….
주린 배 움켜쥐고 못 죽어 살아가네.
집짐승 다 팔아도 빚 감당 할 수 없어 어이 살거나……
아리랑 고갤 넘어들 가네.

우리 피 빨아들여 포동포동 힘 넘치니 온 세계 통일한다
찡찡대던 쪽발이들. 무조건 항복하더니 또 다시 무장한다?
인제는 안 속는다. 악보(惡報)나 온통 받아 가거라.
너희들도 우리 대신 아리랑 고갤 넘어들 가라.

휴전선 까마귀

통일부 주최
제 41회 민족통일
문예체전 일반부
입상작

함박눈이 펑펑 쏟아지는 날
북쪽에서 날아와
하얀 가지에 나래를 접고
한참을 그저 멍하니 앉아 있다가
그냥 날아가는 너.

그래도 뿌연 저쪽
북녘 집이 그리 그리워
쪼록 배를 견디며
하느적 하느적 나는 네 모습이
너무나 너무나 애처롭구나.

북녘의 코 빠진 겨레
머리에 스쳐……
아아! 불운의 민족이여!

제2장

겨레와 나라를 위한 군인으로서의 나날들

입영

전쟁인지 내란인지 혼비백산, 그 삶인데
1951년 1월 말경, 군문에 입대하네.
애국인지 애족인지 둥둥 뜬 가슴이라
부친께 인사할 제 핑 도는 눈물이여!
마지막 인사 같아- 허무한 인생(人生)인가
기약 없는 작별이라 아버님도 낙루시네.
아! 서글픔이여! 가는 곳은 안갯속 답답함이여!

서정국교 입장할 제 고참들 설치누나.
차례 기다리다 오줌보 터지겠다
에라! 줄을 떠나 변소 뒤에 갈겼노라.
그 시원함이여! 때로는 임기응변도 하자구요.
오후엔 노란 명찰, 나도 고참이라.
쥐꼬리만 한 그 권세로 설치던 꼴불견아.

하사 되기 위해

신병들 거의 다 제주도로 건너가고
나는 하사 되려 그 학교에 입학했네.
첫날부터 얼차려 몽둥이로 내리친다
엉덩이는 졸업까지 빳다에 맡겨두자.
눈, 코 못 뜰 강훈련을 필설로는 못다 하리.
먹을 게 너무 적어 배가 고파 기진맥진
입고 간 그 복장에 헤지는 걸레 신발
어이할거나, 나라 위함 그 전에 기지사경(幾至死境)이어라.

내 잘못은 없어도 기합 없는 날은 없네
입고 간 그 옷이 거의 다 헤어져 꼴불견이여!
부인들이 갖다 주신 여러 색 헝겊으로 누덕누덕 기웠으니
어딜 가도 그런 꼴불견은 아예 없으리.
헝겊 주신 그분들도 눈이 벌겋게 훌쩍훌쩍 울면서
언짢아하시더라.
국방 못한 기막힘을 어디에다 호소할꼬…….

단체 외출

졸업기 다 되자 이발하러 단체 외출.
봉완구랑 둘이 일찍 이발 끝나
잠깐 나가 시킨 우동이 늦게 나왔어라.
그걸 다 먹고 귀대 후
먼저 도착한 생도들이 우리 때문에 쌩기합인가.
얼마나 미안한지- 얼굴 못 들게…….

그들을 보내고야 우릴 패는데 50대도 더 맞아
긴 빳다가 또깍 부러지고 우린 반송장 되었더라.
뛰어나가야 되는 걸 고픈 배 때문에
다 먹고 나와서 기절하게 맞았구나.

아! 배고팠던 슬픔이여! 기가 막혀라.
지금도 생각하면 눈물이 나네, 눈물이.
맞을 각오는 이미 했었지만……
나라 위해 맞고, 나라 위해 때린다?
말이 되는 건지……. 오뚝이는 생각하네.

박장대소(拍掌大笑)

다음날엔 학교 밖 어느 집 앞 보초라.
퇴근하는 젊은 집주인은
“수고 많습니다. 배고프실 텐데
순찰조는 내가 볼 테니 찬밥이라도 좀 드세요.”
그의 권에 배불리 먹고 섰을 때,
주인은 따닥따닥 기운 꼴 사나운 내 신발 보고……
“나는 여수 고무공장 직원입니다.”
틈 내어 나오시면 신 한 켤레 준다기에-
용기를 내어 나갔어라.

‘왕거지’를 본 고무공장 아가씨들의 박장대소에
창피는 하였지만-
‘애국으로 뭉친 투사인지는 모르겠지?
처량한 모습만 보고 웃다니 말이 아니네
겉만 거지지 골격은 탄탄한 군인이요 애국자로다’

활인(活人)

미국 영화사의 실전 촬영이라.
토치카 안에 발동기가 설치돼 작동 중인 방에
우리 제2선 대기조 30여 명이 임시 투숙 중.
같이 자던 내가 급히 소변을 보고픈데 잠이 곤해……
옷에 쌀 수도 없어 기어 기어 나가 토치카에 기대고
용변할 제 두통에 어지러워서야 "까스다!"
비상이라 소리 질러도 끄떡도 않는구나.

이를 어쩌나, 급히 급히 서둘러 땀투성이로 하나하나
끄집어내고 중대장께 큰소리로 알렸다.
침이 말라 말은 못 했으나
몸 던져 구조활동으로 전원 회생이라-
그분들의 칭송이여!
"우리 생명의 은인이다." 존경의 대상이었더라.
위기 극복 못 하면 거기서 끝장이다.
'존경스런 투사여!!'

훌륭한 지휘관

사단장 송요찬의 별명은 송석두(돌대가리).
포병 내무반 사열 때 포병 신병에게
“너.”
“옛.”
“사단장 이름 아느냐?”
“옛, 육군 소장 송석두”
“좋아”
뒤따르던 참모들은 사시나무처럼 떤다.
장교에겐 추상처럼 준엄한 분임을 알기 때문에……

다음 주 월요일 참모회의 때 참모들은 지난 토요일의
‘송석두’ 대답 때문에……
‘오늘 우리 다 죽었다’ 몹시 긴장했는데
송사단장 왈
“지난주 내무사열 때 일병이 나를 돌대가리라 하드구만.
좋소, 내가 ‘돌대가리’라면 제관들은 ‘쇠대가리’가 되시오.
돌 더하기 쇠면 강한 부대가 될 것 아니오?”

‘덕으로 살아가면 그 앞길은 무궁하리’
훌륭한 지휘관이죠? 명언입니다.

정의로운 투쟁

'희생 봉사라면 2등도 싫소이다'
경기도 포천에서 FDC 교육 중 큰 사건이 전개되었다.
전방 복무부터 중대 보급계로 복무 중이라 피복 보급이
새 것과 기운 헌 것이 반반쯤 나오는데 우리 12중대는
좀 멀리 떨어져 늦게 대대 보급계에 도착해 살폈다.

헌 옷이 다른 중대 것보다 훨씬 많아 보여 대대 보급계에
"할당표 좀 보자." 해도 못 보이겠다 이거라.
"안 보일 이유가 뭐야? 1급 비밀서류도 아니잖아……."
화가 치민 나는 책상을 들어 엎고 개머리판으로 치며
큰 싸움이 붙었는데……
보급계 선임하사는 "무슨 항의야?"
내 뺨을 몇십 대인지 계속 치는 거라.

이를 본 우리 사역병이 급히 뛰어가
"우리 보급계가 많이 맞고 있다" 알려
우리 인사계 특무상사가 숨차게 달려와 보급계 상사를
"차려! 차려!!" 내리치는 큰 상황이 벌어졌다.
'이것도 하나의 정의의 투쟁이라오'

때마침 보급관이 숨차게 달려와 내력을 물은 뒤-
대대 보급계 임성각 중사에게
"왜 할당표를 안 보여줘? 비밀문서가 아니잖아……."
각 중대에 연락해 받아 간 피복을 짊어와 쌓아 놓으니
우리 12중대(中隊)의 새 피복보다 배도 더 많은 거라.
이렇게 부정을 밝혀 그 많은 새 옷을 되찾았노라.
나는 '특공자'가 되어
부상당한 나를 인마(人馬)에 태워 군기도 씩씩하게
뒤따르는 100여 명 환호 속에 개선(凱旋)하였어라.
'정의로운 용사 앞에 두려움이 있을쏘냐!'

그러나 왼쪽 뺨이 너무 부어 밥을 못 씹어 취사장의
간이침대에 자면서 요양인데
새벽부터 중대장 소대장 이하 수십 명의 문병을 받는
유공자요 '영웅' 대접이라 이거-
좀 나은 뒤 '특별휴가' 명령도 거절하였다.
대한 남아여! 정의롭게만 살자스라.

괴팍[乖愎]한 지휘관들

연대 장비검열 준비로 밤잠도 설친 4~5일 간의
수검 준비라, 모든 장비의 청결, 정돈, 미관까지
심혈을 기울여 준비했기에……
대대장 '최○○'의 예비검사에 칭찬을 기대한 12중대라.
드디어 최대대장의 예비검사, 지휘봉으로 밀어제치며
"이것도 수검 준비라도 하였나? 다시 하라, 정신 차려."
대대장 스쳐 간 뒤 우리 중대장은
"이걸 어떡하지? 큰일 났네."
"중대장님, 염려 마세요. 사선을 뚫고 넘어온 투사가
여기 있잖습니까."
또다시 정돈한 연대 검열에 12중대가 당당히 1등 하였다오.
'어험'

전시에 OP근무의 중대장 '송ㄱㅊ'은 괴팍하기로
유명하였어라.
겨울철의 미끄러운 비탈길에 취사장에게
"누룽지 좀 가지고 오라."
급양계에게 "양담배 럭키를 구해오라."
또 몇몇 가지 있었지만 아예 쓰기 싫어.

급기야 나무 베어 숯 구워 돈 벌다 발각돼 불명예 제대라오.
진언 모르는 도깨비 같지요?

휴전 후 연대장 '정ㅈ'은 도망병 사살로 불명예 제대러라,
휴전이라 이적행위가 아니라나 봐.
경거망동으로 신망가 망해……
'당신들의 운명은 선행과 악행 따라 영원토록 행복하거나
몇 겁토록 지옥, 아귀, 축생으로 윤회하나니 명심들 하자스라'

궁(窮) 즉(卽) 통(通)이더라

저 윗대부터 내려오는 부족한 보급품 인수 보충하러
산야를 헤매지만 역부족을 어이할꼬……
그 와중에 대대 대항 콩쿨 대회에
3대대 대표로 출전도 하였어라.
어느 날엔 전출자 보관 전환을 위해 새 구두 신고
대성산을 넘을 제 발이 부르터 울면서 넘은 일을
어이 일생토록 잊을소냐.
업무 처리하고 대성산을 또 넘기가 죽기만큼 싫은데……
PX에서 소주 한 잔 사 마시고 밖의 의자에 앉아
화랑담배 한 대를 피울 제 스리쿼터 한 대가 도착한다.

차에서 내린 그 사람은 백종린 상사 아닌가.
전에 대대 보급사무부대 사단 정병부 영전한 사람.
서로 반갑게 악수한 뒤……
내 계급, 군번, 성명을 적은 뒤
"명령 나면 바로 오시오."
그러나 반쯤만 믿었어라.

거기에 그 차가 우리 3대대까지 간다 이거지

오! 천우신조여!
이렇게 반가울 수가. 폴짝 뛸 만큼 좋더라.
'일이 풀리려면 이렇게 눈 녹듯 사르르 되더라니까!'

며칠 후 서무반의 방중사는 말한다.
"최중사요, 사단 특을(特乙)로 사령부로 명령이요."
진짜 특명이 났더라 이거.
PX에 앉아 있던 그 순간이 내 일생(一生)에 그렇게도
좋은 날은 없었으리라.
차 타고 편한 원대복귀에 3단뛰기 영전이라
뛰고 날아도 엄두 못 내는 사단으로의 영전이라.
오! 이 고마움이여!

궁 즉 통이라, 죽으란 법은 없더라니까.
정병 참모부에선 체육 사무라
축구공, 농구공 등을 망 주머니에 넣어 메고
선수들에게 나눠준 뒤 조용히 시간 보내기라
콧노래 절로 나는 한가한 시간이 내 앞에 오다니
천우신조여!!

휴가

군 생활 3년 만에 휴전 후 휴가로다.
마침 추석날 고향에 도착, 환영 인파에-
하늘에 둥둥 뜬 듯 허뚱허뚱, 이 감흥 뭐라 할거나.
소식 없어 생사를 모를 제 악전고투 이기고 금의환향이라.

15일간 휴가 중에 집집에서 식사 대접,
참으로 흐뭇했던 시절이여!

그 많은 어른들은 "진짜 명당집 자손이야!"
"수도사단이 많이 죽었다는데……
구사일생(九死一生)이야."
그 많은 죽을 고비 조상의 가호로다.

'승자공묘의 축대에서 훌쩍 날아 빙빙 돌며 축하의
박수를 받는 경쾌한 꿈을 그리 많이 꾸었다 말이야요'

위문품 수령

우리 수도사단 위문품은
수도 서울 것이 많이 오는데 아주 질이 좋아.
내가 운송 중 침 삼키는 헌병들을 단연 물리치고
고스란히 수송이라.
그래 그러는지 나만 보내드라요.
즐거운 비명-
사람도 인정 받고 싶어하는 동물 아닌가!

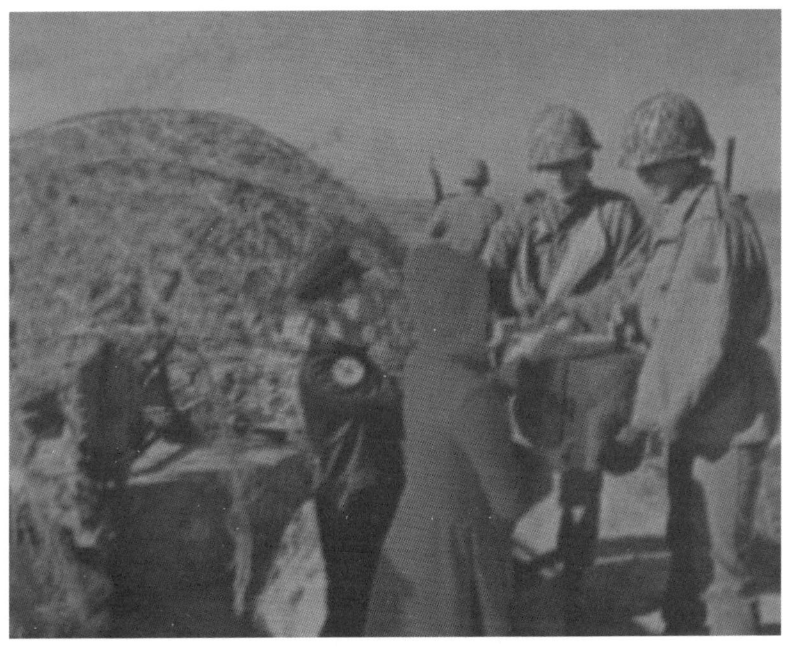

한(韓)대대장

그분은 후덕한 우리 대대장
고지 탈환 지정훈련에 1군사령관이 직접 참관이라
계획대로 추호도 차질 없이 정시에 고지 탈환,
위에 보고하면 "오늘 훈련은 아주 잘 됐다.
해산하면 모두 발 씻고 푹 잠들 자라."
오! 우리 대대장님, '지장이 불여덕장이라'
단체 통솔, 이렇게만 하면 일취월장, 반드시 성공이라.

최종 연습 날, 한대대장 진두지휘하에 한 치의
오차도 없이 정시에 고지 탈환 보고로다.
감탄하는 1군사령관은 "내 차에 타라."
직접 1군사로 영전하더라.
대대장이 4계단을 훌쩍 넘어 영전하다니……
대 축하할 일 아닌가……

가려운 데를 긁어라

하사관학교 졸업 후
동기들이 부대 배치까지 합숙 대기러라.
30여 명 모두가 밥 먹고는 청소, 정리정돈
아무도 않고 빈들빈들이네.
나 혼자 말끔히 치웠더니 회의하여 나를 선임하사로
선출이라. '같은 계급을 어이 통솔하지?'-
정당한 지시엔 절대 복종키로 일단 수락하고……

동기들의 간절한 바람이
1. 수면 부족,
2. 식량(밥) 부족,
3. 담배 부족이라,

주번 부관께 숙면과 점호집합 면제, 취사반장께 밥
좀 불려주기, 급량계에 담배 몇 개비씩 더 주기로 하고
나은 대우하니 통솔은 일사천리 잘만 되더라.

인격존중, 소원성취- 통솔의 비결이다.
칭찬은 군중 앞에서, 충고는 1:1로 하자스라.

속성 장교 원서 제출

속성 장교 원서 내고 밤새도록 고민 끝에
친구 봉완구와 원서 철회할 때
중대장의 불총같은 호통도 당하고요.
그때 장교로 갔으면 바글바글 격전 속의 소모품
소위로 소중한 내 인생 끝났을 수도……

그 원서 제출할 땐 굳은 결의로 당당했노라.
'내 목은 줄지언정 내 영토는 줄 수 없다. 사나이의
단심으로 나라 지키고, 그 얼로 끝까지 나라 지키자'
그러나 한 집의 종손으로 내가 순국하면
면면(綿綿)한 가문의 문을 닫는다.
그 원서 철회했기에 오늘의 내가 있고
늠름한 자손이 혜성처럼 있나이다.

김갑주 도망이라

그 사람 출장 중에 제대 명령인데
도망병 신고하면 제대는 취소되고
그냥 수감되어 망치는 신세되리……
그 집을 방문하여 순순히 타일러서
명예제대 시켰기에
활발한 일생(一生)을 잘 살게 한 것도야
일종의 선업(善業)이라.
착하게만 살자스라!

눈, 코 못 뜨는 졸병

할 말은 해야겠더라.
수도사단에 전입한 75군번……
그 수가 엄청 많아 1개 분대에 3명이라.
고참 많은 중화기중대의 소대엔
소대장, 반장, 분대장, 사수, 부사수까지
세숫물, 발 씻을 물까지 데워 와라 이거.
셋이서 새벽부터 밥 짓고 국 끓이고 또 정리정돈……
워낙 바빠서 사수, 부사수의 데운 물 대령
거부하다 엎드려 뻗쳐 기합이라.

힘든 기합에 반발해 아침 굶을 각오로
전원 탈주…… 몸을 숨겼다.
식사 전 바로 점호 집합에 몸 숨긴 우릴 찾는 선임자들
"기합 안 줄 테니 나와라"
"네" 하고 나갔더니- 문제는 해결.
'집합에 인원 부족하면 자기들 책임이라'
예상 외로 무난히 통과되어 좀 더 편해지더라.

그때 군인들은 거의 다 무식이라 거의 편지 못 써……

글 아는 척했다간 거만하다 구박이라 -
나는 몰래 편지 쓰다 발각되어 중대본부로,
사무요원 됐어라.
꼭 해야 할 말 해야 인권도 찾노매라.

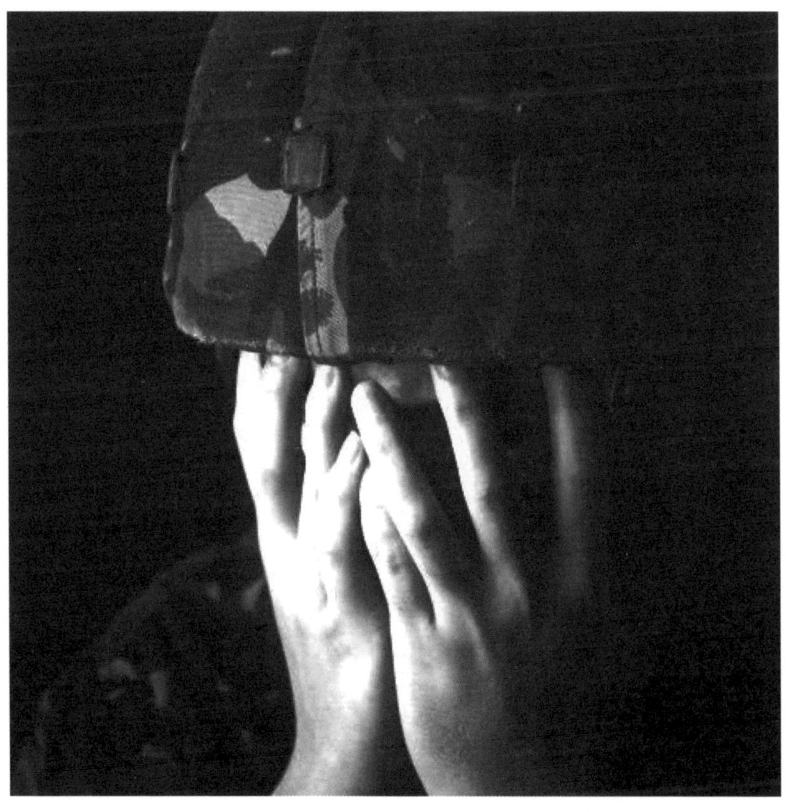

중대장 각시

여수국교 주둔한 그때 어느 날 저녁,
어느 보초 앞에 사뿐사뿐 인기척이라
갑자기 총검 들이대며
“정지, 누구냐? 암호? 모르면 쏜다, 손 들어!”
암호 잊은 그 사람 너무 다급해
“나, 나, 중대장 각시, 중대장 각시”
잘 확인하고 통과시켰다는 에피소드라.
다음날 병영 안은 ‘정지, 누구냐? 암호?’에
‘중대장 각시’라 소리 지르고
풍자스럽게 떠들며 배꼽 빠지도록 웃었다니까.

그 각시와 그 중대 인사계 부인이 같은 동네 살아 친하게
지내다가 그 각시가 인사계 부인을 얕보는 말을 했다나……
“야! 네 남편이 중대장이지, 너도 중대장이야? 말 조심해!”
했다나. 웃기는 일도 아니네요.

정지, 누구냐? 암호?

제대 후 겨울방학 이용해 예비군 훈련이라.
고된 훈련에 야간 보초 두 시간의 어느 날 밤,
깊은 밤인데 만취한 군인 하나 곤드레 만드레라.
"정지, 누구냐? 암호!"에 암호 잊은 그 사람 어물어물……
장교인지라 접근해 용서를 빈다.
"다음부턴 조심하시오"
"고마워요. 수고해요"
한바탕의 복무 현장이다.

다음날 교육 중 쉬는 시간에 교육장에 온 그 장교,
"어젯밤 11시 넘어 PX 앞 보초 선 사람 있느냐?"
"예, 저요!"에 "그래, 보초 근무는 그렇게 서야 해"
칭찬하더니 며칠 후 술 한탕 걸지게 사더라.

제대

그 어려운 악전고투도 애국 애족을 다짐하며
성실히 복무했기에 제대식 날 사단장 표창장도 받은
모범군인이렷다.

가장 존경하는 그분 사단장, 육군 소장 한신.
통솔방침은 '사병 제일주의' 그것이다.
한여름 텐트 안 사무실은 후끈후끈 찜통인데
순찰 중 사단장
"덥지 않은가?" "덥습니다."
"모두 냇물에 뛰어들어 휴식들 하라."

오! 우리 사단장님! 그분은 영웅이다.
처리 못한 사무는 퇴근 후 밤까지라도 깨끗이
처리하였노라.
모든 일은 역지사지(易地思之) 하자스라.

숭고한 부대장

월남 파병 위해 수류탄 투척훈련.
맹호부대 강재구 대위 총 지휘라 조별로
'준비, 뽑아! 투척!'이 계속되는데……
심장 약한 한 졸병 차례, '준비! 뽑아! 투척!'……
뒤쪽 대기조에 던져 버렸다.
그 순간 잽싸게 몸을 날려 덥석 안은 수류탄은
'팡, 파방!' 폭발이라.

천하의 모범군인 강재구 대위는 벌겋게 산화하였다오.
여러분! 이건 절대 쉬운 일이 아니야요.
만약 겁쟁이로 수수방관하였다면
한 부대의 고귀한 생명들이 희생됐을 걸.
상상하면 끔찍끔찍 소름 끼치네.
숭고하고 자랑스러운 그분, 소령으로 승진하니 잘 하였어라.
삼가 명복을 빕니다.

제3장

아픔만 남긴 전쟁의 소용돌이

지리산 전투

최강의 보병 수도사단 편입이라.
순천 선평리서 야무지게 사격훈련 잘 받고야
지리산 작전 투입, 사수 방어 안 하면 아차 '개죽음'
구례 화엄사에 집결 후 야음에 노고단에 기어올라
쌓인 눈 싹싹 쓸고 깐 담요에 하늘을 지붕 삼아 잠이라.
자는둥 마는둥- 춥기는 그리도 추워……
'전방에도 그런 추위는 아예 없더라'

매일 수색과 격전으로 하룻밤에 평균 6번 이동이라
잠다운 잠을 어이 잔단 말이여!
피 말리는 고생이라 '피 끓는 애국심' 그 아니면
하루도 못 버티리.
'악전고투의 백설 작전 할 용사는 손들어 보이소?'-
'없지요'

치열한 전투

사단장 송요찬의 유학차 미국행 중 사단장 이용문 지휘 때
대대적 적의 공세라 다시 송장군 복귀러라.
수도 고지의 그 많은 병력 손실- 어이 다 말로 하리.
기관병도 가끔 있는 실탄 운반이라 기관포 실탄통 맨 나도
탄흔이 엄청 많은 그곳 통과 큰 걱정이로다.

군화 끈 단단히 매고 침 마르게 달렸으나 내 앞에 적탄 폭발
왼쪽 눈 밑이 크게 찢겨. “아이고 내 눈이여!”
소리 지르며 피투성이로 의무대로 직행이라.
중대에선 눈알 1개 빠졌다는 소문에 많은 걱정하였다지만
귀대 신고하니 중대장은 듣기보다 가벼워 안심이라며
눈물이 글썽글썽하며 위로하더라.

OP에 올라 용건 마치고 내려오다 토치카용 나무 베던
김중사, 최중사와 잠깐 쉬며 이야기할 때
날아온 포탄에 두 중사는 간 데 없고 운 좋게도 나만 살아
‘천우신조라! 조상님, 참으로 감사합니다.’
그 자리 서 있었다면 깨끗이 사라졌을 이 몸이여!

특공대장 되다

경계하며 이동 중에 내 뒤의 전우 문청산이
적탄에 맞아 흰 눈에 선혈 뿌리고 전사할 제
그 총알이 내 머리 위로 날아갔다.
아! 소름 끼쳐라.
아차! 반 발 늦었으면 내가 죽을 뻔했소이다.
아! 고마운 천우신조여!!

전광석화(電光石火)로 조직된 대원 이끌고
살살 살살 포복해 큰 바위에 도착
그 뒤를 살폈다.
어! 잽싸게 도망쳤어라.
골짝 골짝 수색 중 2명의 포로에 30여 정 따꿍총
노획의 대전공으로 사단 전투상.
'특유의 그 공훈- 저의 수훈이야요'
실탄 없는 그 총은 막대기만도-

적 쫓아 자주 이동하다 주먹밥 보급이 끊겨
일곱 끼니 굶었어라-
적을 보고도 살살 피해 다행이지

응전했다면 전원 전사 틀림없으리-
그렇게 철대 된 배에 눈만 집어 먹으니
눈알은 깊숙이 들어만 가고……
고향산천, 부모형제 생각도 없이
수북한 밥 한 그릇만 눈앞에 선하더라.

지금도 생각하면 치가 떨리고…… 눈물이나네.
우리 전투사에 이런 전쟁한 부대 하나 없으리.
그 악전고투 이겼기에 '오뚝이요 불사조' 그 아닌가.
'호국영웅' 추대야 당연하지만 대우는 글쎄……
을지문덕, 강감찬도 이런 고생 턱도 없다오.
건성으로 날뛰다간 이런 일 아니 온다 누가 장담하오리.

전방 투입

남원농고 교정서 다시 부대편성 중
먼 곳의 변소에 다녀왔더니- 제일 끝 중대라.
이것도 천우신조, 잘만 된 거라오.
12중대는 중화기중대로 후방쪽에 배치되어
'전사율이 아주 낮다 이거라'
난 기관총 탄약수라 야간열차로 춘천에 도착
또 야간에 최전선에 투입되었더라.

"쿵 쿵쿵 쾅쾅 따따따따 웅웅웅……"
몸이 공중에 뜬 것 같고, 가슴이 울렁울렁 안정 안 됨이여!
밥맛도 없고- 서너 끼니 어설프게 지나서야
워낙 배고파 먹기 시작하였더라.
포성만 진동하는 흉흉한 전선이여!
화천 근처의 663고지서 공수의 격전이라
시퍼렇던 그 고지가 민둥산이 될 만큼 폭탄의 작렬이다.
인민군들은 "니들 무슨 부대야?"
"우린 맹호다."
"이 지독한 맹호새끼들 못 해보겠구나."
"그럼 잽싸게 물러가라, 알았나?"

이렇게 큰 싸움이 전개되면 그 많은 전사자, 부상자를
트럭에 생선처럼 차곡차곡 수북이 실어 계속 호송이라.
참으로 쓸쓸하고 허전함이여!
남북의 몇 사람 잘못으로 피 끓는 청년이 어찌 죽음이랴!
대오각성들 하자스라!
불쌍하고 가련한 전사자요! 부상자요!!
죽은 원수(元帥)보다 산 이등병이 복 받은 것이라오.

휴전 전투

철의 삼각지(김화, 철원, 평강)에서 개전 이래
최대 격전이 김화 돌출부에서 전개되었다.
우리 수도사단은 완전 포위돼 그 많은 병력이 손실될 때
사단장 최창인은 울부짖는다
"포위망 속의 저 절규가 들리지 않는가"
추가령지구대 그 위만 지켰으면 금강산이 우리 것인데……
"가자, 포위망을 뚫자." 그 처절한 외침이여!

우리 CP반은 '제일 창피한' 후퇴를 하고 말았어라.
김화 돌출부는 몽땅 빼앗겼다오.
당하고만 사는 우리여! 애석하여라!
병력 집중 안 시키고 뭣을 하다
피로 지킨 그 땅을 빼앗겼는고.
에이! 분하여라.

구휼 사업

1953년 7월 27일 오후 5시.
155마일 전선의 불꽃 튀던 싸움은 휴전이라.
미완성의 거리낌이여!

얼마 있다가 트럭 한 대 몰고 후생사업 중,
급경사의 백양사 뒷길로 무겁게 짐 실은 차는 조심조심
내려오는데 권중채의 부주의로 비탈길을 급주행이라.
이를 어쩌나, 차가 날아 앞이 안 보여!
아슬아슬 능숙한 운전병 덕에 겨우 살았네.
고맙습니다. 조상이시여!!

이 사업 중 미쓰 송과 백년가약도 하였어라.
중요한 인간대사 잘 치렀어요.

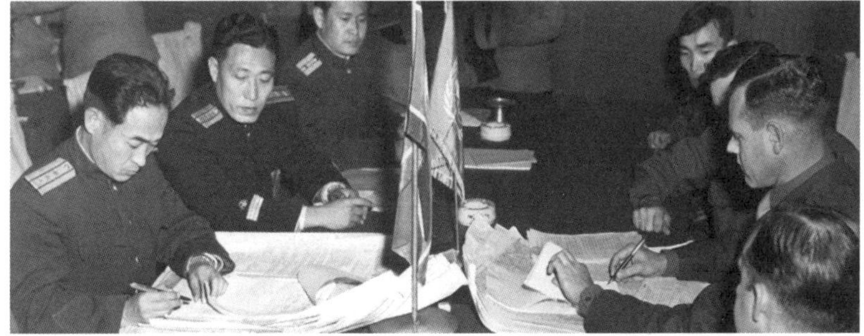

자루 안의 쥐

파죽지세로 남침한 북군은 호남쪽으로 깊숙이 침공이라.
1950년 9월 28일 맥아더장군은 인천상륙작전 감행,
대성공이라 남측 북군은 자루 안의 쥐가 되었더라.
지리산의 산악전투가 북군의 섬멸작전이었노라.
일망타진이라 그때부터 북진, 북진 승기 탔도다.
북쪽의 몇 몇 사람 엉뚱한 꿈꾸다 망조 들었네.

트루먼 대통령과 맥아더 장군

1·4 후퇴

용감한 맹호부대는 함북 혜산진까지 북진이라
백두산에 태극기 꽂을 날이 일주일쯤인데
벌떼 중공군의 내침으로 눈물을 머금고 1·4 후퇴러라.

흥남부두의 수송선 LST에 민간인들도
"우리도 좀 삽시다레……" 밀고 들어오는지라,
중량초과라 '건널다리' 걷으니 승선하는 자는 줄고
피난대열은 밀고 밀리고……
바다에 첨벙첨벙 '사람죽을 또 쑤었구나!'

오! 약소민족의 슬픔이여!
이 후퇴 도운 미군의 장진호전투야말로
큰 보람의 방어전이었도다.
두 번째의 죽을 쑤는 억울한 피난민이여!
기가 막혀라, 사람 목숨이 파리 목숨이었어라.

통일의 불발

중공군의 급습, 그거 통일에 찬물이라.
그 부대의 후방 치려 미 대통령 트루먼에
1편대의 폭격기 달라 했거늘-
3차전이 위험타는 핑계로 거절하였더라.
맥아더는 말한다.
"내 군복 입은 이래 계획대로 아니 된 일은 한반도 통일이다. 다 된 밥에 재를 뿌려? 가슴 치는구나."

불행 중 다행

대통령 이승만은 북진군 뒤쫓아 평양까지 냉큼도 가고,
북의 김일성은 무력부장 최용건과 함께
수안보온천까지 내려와……
김일성은 대구, 부산부터 점령하자 하고
최용건은 식량확보 위해 호남부터 점령하자,
논란 끝에 호남 선점이 그나마 다행이라.
부산, 대구 먼저 내줬으면 큰 낭패 됐을 거로다.
큰 도시요, 주요 시설이 가득한데……

UN군 아니었으면 적화라.
아차! 국운이여! 아슬아슬 소름끼쳐라!
소가 밟아도 끄떡 않는 나라 될 터,
두 눈에 심지 돋우자!

그들의 계획에 말려들지 마

남에서 잡은 거물 간첩 "이주하, ○○○들을 보내달라,
그럼 우리도 조만식을 보내주마."
이 약속대로 두 간첩은 냉큼 보냈건만
고당은 아니 보내고 '우리 평화롭게 삽시다레' 하더니,
북 대표는 그해 6월 25일 새벽 스탈린과 마오쩌뚱의
승낙 하에 소련제 탱크 앞세워 급습이라.

그들은 앙큼한 꿈 안 버릴 테니
절대 믿지 못할 허수아비로다.
콩으로 메주 쑨다 해도 곧이듣지 말자스라.
우리도 아니 속는 '불사조'라오.
분열주의자와 타협은 있을 수 없네.

고당 조만식 선생

부족한 남의 대표

1950년 6월 25일 새벽, 북군이 서울에 급습이라
시내는 아수라장, 대통령 이승만은
“용감무쌍한 우리 국방군이 미아리고개를 철통같이
잘 지키고 있습니다. 시민 여러분! 조금도 흔들림 없이
생업에 종사하십시오” 말해 놓고
다리 건너가 한강교를 끊어라 하고 자신은 잽싸게
생쥐처럼 부산으로 내빼다니 말이 되는가!
다리 밑은 남부여대 피난민들이 첨벙첨벙 사람죽을
쑤었단 말인가. 못된 사람들이로고……

임진왜란 때 선조는 의주까지 도망쳐
중국(명)으로 피난을 요청…….
국민은 어쩌라고 홀로 국경을 넘으려 해.
그도 임금인가!
아이고 창피해라!
이런 사람이야말로 우리 밥 먹을 자격이 없다. 없어!

나라의 재산은 누가 지켰나

북군의 남침으로 서울은 아비규환……
'허허벌판인 양, 뭘 잡고 어디에 기댈거나!'
이 어려운 세상에 한국은행으로 질주한 사나이는
헌병대장 송요찬!
트럭 한 대 이끌고 한국은행에 도착한다.
나라 재산 보존하려. "금고 문을 열어라."
직원은 대답한다. "상부의 명령 없인 안 됩니다."
"여보시오, 상부가 어디 있고 명령자는 어디 있어요?
나라가 이 꼴인데……"
트럭 한 대에 서둘러 그 많은 금괴를 빼곡히 실었노라.
송대령의 선도로 '삐걱 삐걱……'
펑크는 겨우 면했구나, 아이구 조마조마해라.
간신히 대전에 도착…… 동료 김백일에게
"이 금괴를 트럭 한 대 불러 실어 부산으로 빼주게.
난 다시 상경해 내 부대 구출해야 해. 잘 부탁해."

대통령, 총리, 한은 총재……
이들은 '내 몸만 내뺐단 말인가'
못된 사람들……

충신이요 애국자 송요찬 아니었으면 그 많은
우리 재산이, 그 금괴가 북으로 실려 갔을 걸
상상들 하자스라.
아! 아슬아슬 끔찍하여라.
애국자가 충만해야 국태민안 유지되리!

송요찬 장군

콩 줍다 폭사

제일 큰 슬픔- 배고픔 그것이로세.
화폐개혁 등등으로 식량이 크게 줄어
폭탄보다 무서운 배고픔이여!

북쪽 인민들이 수확 못하고 피난길 떠나
심은 콩대가 선 채로 말라 수북이 땅에 떨어진 것을
고픈 배 채우려고 그 콩 줍다가 지뢰를 밟았어라-
폭사한 홍하사여!

얼마나 울었는지…….
불쌍하고 가련한 원혼이여!
좋은 세상 만나 행복하시게.
오! 배고픈 슬픔이여!
고픈 배 불리면 만사는 형통……
남는 밥 버리면 앙화 받아요.

소식 깜깜 전선이여!

폭음만 진동이라 소식 깜깜 이 전선.
새소리도 사라진 곳, 전상자의 아우성
여름비 패연(沛然)하게도 내리느냐.
후련타!
포성 좀 잠시 멈춤, 뭣으로 즐길거나.
고향이 그리워도 못 가는 이 신세라
한 곡조 뽑아 보아도 하염없이 서글퍼!

봄꽃이 뭣이더냐 안 본 지 몇 해더뇨.
만화방창 성화 시 그도 몰라 깜깜이
오로지 골육상쟁뿐, 있어도 다 없어라.
외적의 침입이라 총대 메고 곧 대적
반만 년 목숨 걸고 지켜온 내 땅인 제
형제의 가슴팍에다 총부리를 겨누나.

피만 흘리고 고스란히 빼앗겨

70년 전 보금자리 찾아와 둘러보니
변함없는 산천(山川)인데
이 가는 쇠울타리(철조망)야.
모두들 흩어졌네, 기약 없는 이산이여.
맹순이 좋아하던 장걸이 귀향하네.
동산의 진달래냐, 냇가의 개나리냐
허전히 바라보다가 하염없이 돌아서.
내 고향 김화읍서 피 튀기던 휴전선(休戰線)
맹호의 혈전으로 확보했던 금강산쪽.
7·13 혈전하고도 북 땅 되어 허무타.

1953년 최후의 휴전선이 된 백석산 진지

악전고투

눈 쌓인 지리산의 피 말리는 전투여!
설중(雪中) 추격전을 글로 어이 다 쓸거나.
미끄럼, 추위, 잠 부족, 기아……
찬 데서 밤샘 그것, 잦은 이동에 기진맥진이여!
철모를 솥 대용 괸 돌 위에 올려놓고
불 피워 눈 수북이 꼭꼭 쌓아 녹여서야
그 물로 세수하고 발 씻고 양말 빨아……
손등은 거북등 양 쩍쩍 터져 피나고야
불운한 젊은이의 기구한 운명이여!

목욕을 하지 못해 이들의 세상이라
긁적긁적 얼마나 가려운지
내의에 DDT를 뿌려 놓으면
양말 속에 수북한 그 많은 이들……
어허! 온갖 고생망태 짊어진 따분한 청춘이여!

수건도 비누도…… 뭐 하나 넉넉한 게 있어야지.
불평 없는 애국투사는 불퇴전의 오뚝이다.
이 용감한 군인들의 극기와 인내 그것,
민주국가 이뤘노라.

못 먹고 어이 싸워

인해(人海)로 덤벼드니 전투는 막바지라
2진, 3진도야 삼대처럼 쓰러진다.
얼마든지 오너라 화해(火海) 맛 보여주마.

엎친 데 덮쳤으니 혹한에 영양실조,
화폐교환 인지로 썩은 쌀밥 먹으라니
쉰내 나도 겨우 먹어 배탈 환자 즐비쿠나.
부식 보급 완전 끊겨 소금 조금 얻어다가
겨우 끼니 이으면서 진짜 배고프니 체면몰수 하더라.
미군들 쓰레기통 싹싹 뒤져 뒤져 빵조각 주워 먹고……
힘 있어야 전쟁하지……. 강한 애국심에 그렇게 버텼노라.

우리 공장 올스톱에- 일본 공장서 만든 네이숀
공중에서 투하하니 받아 먹고 싸웠노라.
우리의 사상자는 산처럼 불어나고
일본은 큰돈 벌어 재미만 쏠쏠하더라.
순망(脣亡)하면 치한(齒寒)인데 그 고마움 모르느냐
뻔뻔한 너, 철면피 너, 일본아! 무뢰한아!
UN군 아녔으면 한결 고생 많았으리.
오뚝이요 불사조는 털털 털고 일어선다.

아슬아슬 또 살았네

설야의 그 유격전, 아이고 지겨워라.
미끄러, 배고파……
앞에서 놓아 버리는 나뭇가지
여지없이 얼굴 때려 줄기 지고 부어올라-
이거 저거 짜증나서 못 살아.

하천가에 10분 휴식……
그 찰나! 날 본 부관 구중위는
"젓젓 저저저……!" 급해서 말을 못한다.
가슴에 매단 수류탄 마개가 빠져 곧 폭발인데
난 뭐가 뭔지 굳어 버린……
분대장 유중사가 급히 빼서 물에 던져 "팡, 팡팡!" 나는 살았다.
몇 초 뒤면 공중분해 됐을 이 내 몸뚱이여……
오! 천우신조여! 입안이 바싹 말라 버렸네.

수백 명 지난 길, 말 못하게 미끄러워 나뭇가지
썰매로 잽싸게 내려가다 큰 나무에 부딪쳐
고환 깨져 후송도 하였어라.
지겨운 설야의 그 산악전이여!
애국정신이 오뚝이로 분발시켜 약진, 약진하노매라.

대창으로 사람을……

1950년의 6·25 한국전은 권력형으로 안하무인인
북 대표의 허망한 불장난에,
애국 애족자가 명심해야 할 국방의 지상명령을 잊고
임금 냄새만 풍기던 남쪽의 허수아비 대표 때문에
발발한 배달민족의 대수난사가 아니었던가?
그 때문에 인명, 재산의 그 손실이 얼마더뇨!
그렇게도 소중한 인신의 어마어마한 학살이 소름끼쳐
펜 끝이 바르르 떨리는 아! 어이 참고 쓸 것인지……
하여튼 그 실상의 일부나마
세상에 알리고 싶은 마음 간절하다.

국방을 위한 광복군, 호국군 출신인 두 종형을
죽창으로 콕콕 찔러 죽이고,
천하장사 숙부님도 팍팍 찔러 죽였으며
남은 숙모님과 8세 여동생, 6세 종제도
한날 밤에 찔러 죽였어……!
그 애들이 무슨 죄가 있다고
멀큼한 대창으로 찔러 죽였단 말인가!
못된 놈의 세상 만나 학교도 못 다니고…… 얼마나 아팠을까!

아이고 기 막혀라.

쏟아지는 이 눈물, 아이고 기가 막혀.
길순아! 병대야! 좋은 세상 만나 잘들 살아라.
생각만 하면 슬픔이 북받치네요. 아이고 불쌍해라!
그렇게 학살하라는 명령은 아무리 똥만 찬 북 대표지만
내리지는 않았으리라. 공산주의 '공'자도 모르는데
무지막지한 놈들의 천벌 받을 만행이 아니고 뭣인가?

세상의 문인들이여!
문향 그득한 서정, 서사적 읽기 좋은 글만이 참 글인 게
절대 아니겠지요?
대의명분과 민족정기가 뜨겁게 흐르는 정서 위에
문학도, 예술도 피어나리라 확고하게 믿기에
이런 소름끼치는 글도 한 번쯤 써도 무방할 것 같아
덜덜 떨면서, 많이많이 울면서 썼답니다.
하도 기가 막혀서요.
징그런 세상! 살벌한 세상!
제발 다시는 영원히 오지 말아라.

피 말리는 산악전

수색, 토벌 그 작전에 열악한 보급이라
헐벗고 굶주림을 어이 말로 다하리요.
수건, 치약도 아예 없는 그 혹한의 산악전
백설과 미끄럼은 엎친 데 덮침이여!
애국, 애족 그 정신은 뉘보다 강했기에
열악한 그 여건을 이겨낸 충성이여!
양말마저 넉넉잖아 뒤꿈치 구멍 나며
돌려 돌려 신고 신어 두 동강 나버리다.
오! 기구한 천덕꾸러기 용사들이여!!

흉흉한 전선이여!

포성 진동하는 전선의 나날이여!
부엉이, 꾀꼬리도 멀리 가버리고
부상자 아우성만 애절하게 들리는데
석양의 산 그림자 짙어만 가는구나.

뉴스(News)도 아예 없는 전선의 나날이여!
노래도, 웃음소리도 들은 지 그 언제인고.
사상자의 울분 소리만 처량하게 들릴 적에
애국심 그 하나로 오늘 해도 저무누나.

잼 한 숟갈 듬뿍 먹고

파죽지세로 치닫는 북군에 쫓겨 길 잃은 미군 하나.
경기 안성 근처 어느 집에 들이닥쳐 배고파 죽겠다는
몸부림 보고 주인은 식은 밥에 고추장을 대접했다.
그 미군은 고추장을 잼으로 알고 한 숟갈 그득 떠서
한입에 우물대다 매워서 발발발 홍당무 되니……,
버럭 화를 내며 자기를 죽이려고 독약 준 걸로 오해하고
총부리를 들이대며 쏘아 죽이겠다 호령이라.
"저스트 모먼트(Just moment)"
이거 봐요. 밥부터 이렇게 떠먹고 -
고추장은 조금만 떠먹도록 친절히 안내해…….
잘 먹고 나가는 미군을 안전한 길로 인도하였어라.

세월이 많이 흐른 어느 날 아침,
미군 도운 그집 담 안에 무슨 큰 보따리 하나라.
내용을 살펴보니 라이터돌이더라.
그 작은 라이터돌이 큰 포대로 한가득이라
시장에 팔아 거금 받아 큰 부자 되었더라.
식은 밥으로 요기한 그 미군의 보은의 '구름다리'러라.
아! 착하고 아름다워라.

제4장

역사를 알면, 미래를 지킨다!

이토 히로부미[伊藤博文]

노회한 일본 괴수 조선을 침탈터니
만주까지 노리고 그 마수 뻗치려다
하얼빈서 의사 안중근의 총알에 쓰러졌구려.
너무나 통쾌하다. 너무나 통쾌하다.
중국의 위안스카이[袁世凱(원세개)]는
“중국의 10억이 못한 이 큰 일을 2,000만의 조선이
해냈구려. 의사 안중근을 존경하노라.” 하였더라.

만주까지 삼킨 뒤 우릴 모두 그곳으로 추방하고야
쪽발이 도둑들이 이 강산 차지하고 살려 하려다
그 흉계 물거품 됐네.
우리의 비운에 천우신조! 고마워, 너무 고마워!
‘노회한 괴수야, 어서 무간지옥에 떨어지거라’

이토 히로부미

기둥 대들보만 넉넉했구려

해방과 동시에 우후죽순처럼 솟아난 기라성들……
오! 자랑스런 그 인걸들-
김구(金九), 조만식(曺晩植), 신익희(申翼熙), 송진우(宋鎭禹), 장덕수(張德秀), 김규식(金圭植), 이시영(李始榮), 조봉암(曺奉岩), 조소앙(趙素昻), 장면(張勉), 여운형(呂運亨), 이범석(李範奭), 김성수(金性洙), 이회영(李會榮), 이승만(李承晩)…… 혜성처럼 빛나실 그 인물들이 어찌 못 뭉치고 각개 약진하셨을까?
잘난 척하다가 큰일 하나 못 일궜는고……
능소능대를 그리 못하고 각기 상량(上樑)될 아집만 하셨구려.
그래서 못 뭉치고 졸장부로 처지시다니, 아! 아쉬워라.

양극의 이승만, 김일성만 밀어제치고 기둥 될 그 인물들-
어째서 백범(白凡) 중심으로 못 뭉쳤던고……
매끈한 자갈뿐 시멘트와 물이 없었구려.
이이고 분통이여! 기박한 국운이여!!
소아(小我)를 버리고 대아(大我)에 사는 넉넉함을 보였다면야
통일국가로 이웃 일본 앞섰으리라.
선진대열에 우쭐하였으리.

느슨하다 허 찔린다

하와이의 미군부대 군기 풀려 엉망일 제
'때는 이때다' 일본 스파이의 첩보에
일본 수상 '도조 히데키[東條英機]'는
1941년 12월 8일 '히야부사' 특공대로 기습하니
태평양전쟁에 불이 붙었다.

그러나 어이 미국의 화력(火力)을 감당하리오.
섣불리 망동하다 미국의 미조리 함상에서
총 지휘자 '도조'는 무릎을 꿇려 처형이라.
경거망동이 낭패 낳은 큰 교훈이 아닌가!
느슨하다 또 당할라.

1950년 6월 25일 그 무렵, 적을 앞에 둔 국방경비대는
멋에 취해 촉촉 차려들 입고 긴장이 온통 풀렸을 그때,
북군의 기습에 갈팡질팡 어쩔 줄 몰라라.
그렇게도 날뛰다 화력(火力) 부국 미국과 UN군의 반격으로
겨우 할딱할딱 휴전으로 숨 돌렸네.

명절 분위기로 온 국민이 느슨할 때 시나이반도

골란고원에 총 공세로 이스라엘군이 속절없이 무너질 제
미국 원조, UN 중재로 겨우 위기 모면……
유단하다 망한 예는 얼마든지 있다니까……
뼈아픈 교훈이여!

2000년 남북정상회담, 그 뒤 한일 월드컵(World Cup)
그 경기에 취해 긴장이 풀렸을 때 경비정의 팔팔한
젊은 용사 6명이 죽었어라.
이마에 '유비무환'을 붙이고서……
당시 보름 전부터 N.L.L 침범인데 꽃게잡이의 월선 정도라
느슨히 대처하다 2002년 6월 29일 연평도 포격이라.
큰 봉변 당했고야.
'호랑이 눈'으로 노려보자구요. '또 당하면 못 살아!'

황해는 얕아 북의 잠수함 운용 불가라,
해상함대는 우리가 압도로다, 긴장 풀고 얕보다가
소형 잠수함서 어뢰 그 발사로 자랑스런 군인 46명
전사하고 말았구나.
상대를 얕보는 그 나쁜 버릇으론 백전백패 불가피할 터.

명심하자스라, 지피지기라야 백전백승 가능할 터
신중히 대처하여 평화낙원 전하세.

2019년 잇단 미사일 도발일 때
국가안전보장회의(NSC) 소집을 어찌 미뤘던고……
당시의 잇단 미사일 발사, 핵 탐지 가능, 신종 무기
순항미사일 발사에도 대비태세는 너무나 무뎌지나.
설마하는 방심에 스멀스멀 스며들라 큰 염려로다.
주요 훈련이 코로나 19 핑계로 거의 취소러라.
긴장을 풀지 말자, 간까지 빼 먹힐라.
항상 '물음표'를 붙이고 색안경 쓰고 보라. 매 눈처럼 돌리자.
가장 큰 독은 위기에 둔감이다. 얕보다 또 당할라.
상기하자 6·25!!

"아뢰오! 적침이요!"
"이 추위에 무슨 적침이냐, 알았다."
얼마나 추웠던지…… 압록강이 결빙이라 극도로 추워
압록강 결빙만 기다리던 그들……
때는 이때다, 파죽지세로 침공할 제

도원수 김자점은 얼어붙은 압록강이 적 침입 유도함을
생각 못하고 백마산성의 임경업만 믿었노라.
도원수의 능통한 그 두뇌가 국방 그것이온데
인조가 삼전도서 청 태종에 항복하고 그 많은
처녀와 충신들이 설야에 끌려가는 몰골이여!!
아차 실수로 백성들만 당하니…… 어처구니 없어라.

일본을 알자

내 앞만 챙기는 그들은 철면피다.
초독하고 인색한 후진족, 그들에게
농경법, 직조법, 제방기술, 불교, 논어, 한문-
그밖의 것들도 많이 알렸노라.
우리 문화 복사판이 그 문화였노라.

배은망덕도 악질적이다. 할 말이 없네.
자주 침탈, 노략질에 처녀 납치 그 얼마며, 거기에 한 술
더 떠 조선 임진년에 대거 침략으로 살상이 그 얼마며,
7년 간 짓밟혀 멸망 직전인데 류성룡, 이항복, 이덕형,
이원익, 이순신, 권율, 최휴정, 임유정, 명의 원군,
그분들이 몸 던져 다부지게 지켰노라. 쫓았노라.

그 악독한 '늑대'들이 청국, 노국 이겨내고
조선을 물어 눕혀 36년 짓밟더니
우리의 이 발전이 저희들 공이라고?
우리 처녀 끌어간 악독한 '늑대'들이 매춘하러 자원했다는
허- 헛-, 그 악질들의 벼락맞을 그 소리……
그렇게 '흡혈귀' 짓 뻔뻔히 다 해놓고 뭐 하나 도운 게

없는 악랄한 늑대들이 6·25 전쟁 때도 엄청 재산 늘릴 적에,
우린 피 흘리며 비장하게 싸웠거늘.
독일, 이탈리아와 제2차 세계대전을 일으킨 원흉 그 일본이
전범국 후회 없이 다시 날뛰다간
늑대들의 그 역사는 끝날 걸 경고한다.

야만인인 그들이 서양문물 먼저 받아 약복 입은
그게 급속 선진 이유라오.
우리는 한탄한다. 땅을 치며 울분한다.
르네상스 그 무렵의 영·정조가
어쩌다 문호개방 못하고 선진을 빼앗겼는고……
나라의 국방, 외교- 장래 여는 핸들이라.
역사가 증명한다!
시뻘건 그 '늑대' 아가리에 눈뜬 채 잡아먹힌 처참한
그 까닭이 뭣이던고?
팔짱 끼고 방관하던 이완용 등 보수패가
유길준, 박영효, 김옥균 등 개화파를 완전 제압하고
대원군의 쇄국정책 당치도 않고 말고.

성리학의 늪에 빠져 갈팡질팡 허둥댈 때 안동김씨,
여흥민씨들의 전횡으로 개혁은 저만큼 물러갈 즈음,
갑오의 민중혁명, 서정쇄신 근대화도 무한대로 외쳤건만
약점 포착한 늑대들의 마수에 속수무책이라.
협박에 기가 죽어 늑약(勒約)을 당했고야……
아! 분통이여! 당시 조상들 공동책임 있고 말고!
이 큰 외교 실책으로 6·25 참변 있었음을
대오각성(大悟覺醒) 하자스라!

을사늑약 어전회의 기록화

중국 청두 무후사의
제갈량 동상

읍참마속(泣斬馬謖)

때는 중국의 전국시대라, 유비의 책사(策士) 제갈량은
하늘과 통한다는 병법으로
위의 천재 책사 사마의도 고개를 젓는 도사였다.

위의 대군에 포위된 고지를 지키기 위해 성을 쌓는데
수성 사령관 마속에게 그 산의 아래만큼 쌓도록 엄명하였다.
마속은 명령을 어기고 8부 능선에 쌓아 적과 대치하여
버티는데…… 날이 갈수록 식수가 부족하여
전군이 말라 죽게 되었더라. 겨우 몇 명만 포위망을 뚫어
탈주에 성공했지만, 성주 마속은 무면도강이라.

제갈량이 호통한다.
"어이하여 산 아래에 축성하여 식수를 확보해야 지구전에
버티는 현명한 병법을 어기고 8부 능선에 성을 쌓아
전군을 고사(枯死)시켰는고? 비록 내가 제일 아끼는 너지만
군령을 어겼으니 사형을 명한다."

이것이 군기확립을 위해 부득이 베어야 하는
그 유명한 '읍참마속(泣斬馬謖)'이다.

고마워라 UN군!

1894년 청·일이 격하게 싸웠노라.
이 마당서 그 혈전에 일군이 이겼고야
이 땅을 짓밟더니 일본이 점령터라.

제2차 세계대전, 일본이 항복이라
미, 소들 마음대로 둘로 가르더니
소련제 탱크 앞세운 북군의 남침이라.

혈전의 그 3년, 우릴 도운 16나라
엄청 많이 도왔어라, 진심으로 감사해요.
인천 상륙 이어 북진통일이 눈앞일 제
밀어닥친 중공군 떼, 우리 통일 막혔구나.

두 동강은 났지마는 산하는 의구하다.
DMZ에 봄이 오니 그 누가 반길 건고
깊은 한에 잠기는데 녹음만 짙구나.
헤어진 새들도야 하염없이 울어댄다
소식 끊긴 70년에 몰라보게 변했어라.
통일을 기다리다 이젠 그냥 지쳤다네

희망은 아예 접고 통한의 눈물이여!
확 트인 통일로로 언제 남북 통할거나.

*** 자랑스런 16국**
미국, 영국, 오스트레일리아, 캐나다, 뉴질랜드, 타이, 벨기에, 콜롬비아, 그리스, 네덜란드, 터키, 프랑스, 룩셈부르크, 필리핀, 에티오피아, 남아프리카공화국

*** 의약 지원국**
노르웨이, 인디아, 이탈리아, 덴마크, 스웨덴, 독일

Thank You, UN Forces!

(Donghak Peasant Revolution Yoonju Choi's Grandson)

Jungsan Byungdu Choi

In the Sino-Japanese war of 1894-1895, China and Japan fought fiercely.
On the Korean peninsula where the bloody battle took place, Japan emerged victorious.
Japan then went on to occupy this nation, infringing upon its territory.

In the Second World War, Japan ended up surrendering.
After the U.S. and the Soviet Union arbitrarily divided this nation in half, North Korea invaded the South, led by Soviet-made tanks.

During the 3 years of the Korean War, 16 countries extended their willing help to this stricken nation, which was of so much assistance.
Many sincere thanks to those countries!

Just when the reunification of the North and the
South seemed so imminent after the Incheon Landing
Operation, the Chinese troops stormed in, blocking
our reunification.

Though this nation still remains divided,
our nature remains as it is.
Who will be there to greet the spring arriving at
the demilitarized zone?
I'm in deep sorrow, yet the trees are as green as ever.
The parted birds are also crying endlessly.
During the last 70 years of national division, the North
and the South have changed so much.
After long years of yearning for reunification, I have now
given up all hopes and can't but only bitterly grieve.
When, oh when will the North and the South be one
again?

*** The 16 Countries that Offered Help**

The United States of America, The United Kingdom, Australia, Canada, New Zealand, Thailand, Belgium, Colombia, Greece, The Netherlands, Turkey, France, Luxembourg, The Philippines, Ethiopia, South Africa

*** The Countries that Offered Medical Assistance**

Norway, India, Italy, Denmark, Sweden, Germany

(영문 번역 : 중산 최병두 손(孫) 최정우)

국군과 UN군의 행진

방탕이 망조다

중국의 국부군 대 팔로군 혈투,
일본군 침공 때에는 뭉쳐서 대결터니
평온으로 회귀 후엔 또 분파 혈전이라.
장제스와 마오쩌뚱의 결전이 그것,
야릇하게 팔로군의 승세로 가고 있더라.

국부군은 맨손으로 줄행랑이라
외교 달인 송미령(장제스 부인) 통사정한다.
"우리 좀 도와 달라." 애걸복걸에
미국은 거액 원조 누차 했어라.
좀 있다 또 와서 "우리 좀 살려 달라."
"우리가 밀리면 공산화 온다." 또 두 손 벌려……

허나 그 많은 후원으로 무기 장만해
팔로군에 팔아먹고 또 또 손 벌리니
국무장관 번즈도 불쾌해 하며
사정없이 후원을 끊어 버렸다.
힘 빠진 60만 대군 대만으로 후퇴,
장제스 부인 공이 물거품 됐네.

우린 어이 살라고……

개화기에 대한제국 그 무렵, 한강교 가설공사라.
한강 도하 나룻배 사공들 모두 모여 데모를 한다.
"우리는 뭘 먹고 살라고 다리 놓느냐? 중지하라!
중지하라!" 거센 데모는 계속 됐다 이거라.
그 무렵의 아우성에
"내 목은 벨지언정 내 상투는 못 자른다."
허물벗기가 그렇게 힘들다니까.
몇 천, 몇 백 년 묵은 때 씻어내기 힘들었다오.
1894년의 민중혁명부터 양반의 교만, 관존민비,
남존여비, 그 더러운 사회풍조에 얼마나 시달렸던고!
묵은 때 훌렁훌렁 씻어내고 민주화, 산업화가
'식은 죽 먹기'만은 아니었어라.
민중의 봉기, 그 많은 항일운동, 의병투쟁, 납세, 교육 등에
힘을 얻어 선진국으로 진입했노라.
누가 갖다 준 선물이 절대 아니요,
우리들이 뿌린 피와 눈물과 땀의 대가로 힘겹게 얻었노라.

오! 장하여라 현대인이여!!
우리의 숙명-
통일과업 완수하여 존경 받는 조상 됩시다.

외세 못 살피면 망국은 당연

1388년 무렵, 원 지배로 어수선한 고려 말의 혼란한 시기.
세계를 제패하던 원의 그 세력도 맥없이 기울어져 가는
판국에, 총지휘자 최영은 시계(視界)와 도량이 좁아
서산 낙일(落日)의 원(元)을 철석으로 믿고
욱일승천(旭日昇天)의 기세로
큰기침하는 명(明)을 치려 진군이라.

압록강의 위화도에 이르른 선봉장 이성계는
멀큼한 칼날의 명을 친다는 건 계란으로 바위치기라
하나도 여건이 맞지 않는지라 지장은 호령한다.
"전군은 뒤로 돌아 평양의 지휘본부를 쳐라."
그야말로 반기를 들었도다. 열 번 잘한 임기응변이었어라.
외교에 무능한 최영의 우거로 고려는 힘없이 주저앉을 제
기세 탄 이성계는 승승장구로 조선을 세웠도다.

깡패에 둘러싸인 우리는 잘 살기 위해
외교에 몇 갑절의 관심을 둘지어다.
명에 쩔쩔매는 사대주의 조선이라 침략은 면했지만……
기세당당하던 그 고구려 그리워라.

사주방어라야

1592년 도요토미 히데요시[豊臣秀吉]의 조선 침략, 7년 전쟁에
조선을 못 삼키고 병사한 그 큰 사건의 응어리 풀으려,
200년 뒤 명치유신의 핵심인
사이고 다카모리[西鄕隆盛]는 서양문물 받아들여
"우리 일본의 큰 힘으로 이 기회에 대한제국을 쳐 삼키자."
늑대 같은 사이고가 강력히 정한론(征韓論)을 주장할 적에
탁월한 정치가 오쿠보는 강력히 만류한다.
"우리가 새로운 병기로 침략하여 잘 싸울지라도 이웃 조선의 점령이란 쉽지 않을 터. 우리가 청과 싸워 대만과 요동반도까지 달라 했다가 독·불·소의 반대로 뜻 못 이뤄 랴오뚱반도를 점거 못했듯…… 또 조선 재침략 때는 국제여론이 들끓어 뜻대로 절대 안 될 것이 불을 보듯 뻔하다."
이렇게 시계(視界) 넓은 정략가가 있었다 이거.

우리의 외교능력 더 키워야지, 만에 하나 또 당했다간
우린 끝장날지 모를 일이야.
삼국시대부터 외세에 시달려 고통 받은 예가 얼마나 많아!
신라의 실자주 배굴욕(失自主 倍屈辱)의 전철을
밟지들 말자스라.

근세에 제2차 세계대전 그것도
일본의 경거망동으로 큰 오점 남겼어라.
선전포고 당시의 고노에[近衛] 총리는 대정략가러라.
대미(對美) 선전포고를 한사코 만류했지만,
풋내기 싸움닭 도조 히데기[東條英機]는 독일의 히틀러,
이탈리아의 무솔리니 등과 공동전선을 펴 터무니없는
세계통일[八紘一宇]을 꾀하다가 히틀러, 무솔리니의
무조건 항복에도 최악의 고전에 죽자 살자 버티다가
히로시마에 떨어진 원자폭탄 한 방에 일본의 쇼와천황이
1945년 8월 15일 정오에 무조건 항복,
도조는 전범 괴수로 미조리함상의 이슬로 사라졌구나.

억지로 큰 일 일으켜 되는 일 본 적이 없네.
한일늑약으로 1910년 일본에 먹힘도 일본의 강점을
탓하기 전에 외교력 태부족의 우리를 자책하자고
강력히 호소하노라.

대담한 그 여자

신라의 김유신과 김춘추는 같은 또래라.
죽마지우(竹馬之友)로 아주 친분이 깊어
신라 통일의 주역들이어라.

어느 때 둘이 유신의 집에서 서로 달리고 붙잡고 당기고
한참 놀다 보니 춘추의 바지 쪽이 터져 버려 벌래벌래라.
그대로 가려 할 제 유신이
"어이 춘추! 그리 어찌 갈 끼고, 좀 꿰매 입어야지.
내 동생에게 말할 테니 좀 들어오소."
언니 보희에게 춘추 도령님 옷 좀 꿰매드려라 했더니
"오라버니도 참, 어이 남의 도령 옷을 다 꿰맨담?"
듣고 있던 문희가
"오라버니, 그럼 내가 꿰매 드리면 안 돼?"
"오, 그럼 네가 좀……"
많이 터진 바지라 딴 방에서 둘이 부끄럽게 앉아 꿰매는데,
꽤 많은 시간 동안이라 젊음의 불길이
드디어 통하고 말았어라……

춘추의 혼기가 차서 널리 구혼할 제 왕족 춘추는

연정이 깊이 들었던 문희를 택했으니,
장차 신라 29대 태종 무열왕이 김춘추라 왕비가 되었어라.
이전의 그 어느 날 밤에 언니가 꿈을 꾸었는데,
넓은 들녘 길을 걷다가 오줌이 급해 쪼그리고 앉아
얼마나 많이 쌌는지 경주 시내가 범람해 버렸다네…….
그 이야기를 들은 동생은
"언니, 그 꿈 내가 살래"
"어떻게 살래?"
"내가 제일 아끼는 옷 한 벌을 언니한테 주면 되잖아?"
그 웅장한 꿈을 꾼 언니는 자기에게 굴러온 보물단지를
동생한테 팔아 버렸으니…….
그 길몽을 잽싸게 산 덕으로 동생은 왕비가 됐네.
복이 따로 있는 게지.

신라 56왕 중 제일 훌륭한 무열왕의 제일 출중한 왕비였어라.
대담하게 큰 일을 하고, 오는 운명 포착하네!
거저 오는 건 없다니까. 노력해야지.

백제의 분전

5,000의 백제 계백군에 5만의 신라군이 쩔쩔매다니……
정예의 백제군이 하늘을 난다 해도
끝판엔 중과부적 못 당할 거라.
포로 되어 치사하게 사느니……
오늘로 모두 다 목숨을 끊자!
독약 먹여 처자를 모두 죽이고,
계백도 죽기를 각오하고 싸우는지라……

열 배의 신라군이 연전연패라니?
화랑 관창이 말 타고 달려가 계백의 목을 달라 덤볐지만
자식 같은 그놈의 무기만 빼앗고 돌려보냈어라.
'무면도강'한 관창은 다시 완전무장으로 달려가
계백의 목을 달라 외친다.
"싸우자!"

두 번까지는 용서할 수 없노라.
관창의 목을 잘라 안장에 달아 쫓아 버렸다.
돌아온 말에 매달린 관창 목에 노장들 적개심이 충천하니
품일의 휘하 대군의 총공세에

5,000의 백제군이 옥쇄(玉碎)러라.
문화강국 백제도 678년 역사로 끝나 버렸다.

망하려면 무슨 짓을 못 해……
성충과 흥수는 의자왕께 진언한다.
"백강(白江)과 숯고개(황산벌쪽)를 굳게 지키세요."
방탕에 빠진 의자왕은 망해정 지어 놓고 매일 뱃놀이에
빠져 진탕이라 국방은 소홀하니, 백강으로 침투한 소정방
당군과 숯고개로 밀어닥친 신라의 협공으로 속수무책이라.
충의의 삼천 궁녀 백마강에 몸 던져 죽어 버리고
의자왕과 만 여 명의 포로 당나라에 끌려가
적지에서 죽었어라.
백성들의 그 원성……
'망해정의 진탕한 놀음에 망해가는구나.
안 망하면 신기한 일이로다.
신망, 가망, 국망이라. 죽으려면 무슨 짓을 못해……'

괴물 양반

성(成)부자집 종으로 아주 성실한 마당쇠가 참한 처녀와 결혼하여 알콩달콩 그리도 잘 살더라. 알뜰살뜰 아끼고 아껴 송아지 한 마리도 키우니 재산도 불어나고 재미가 옥실옥실 그렇게도 좋은지라……. 인색하고 왕구두쇠인 성부자는 커가는 송아지를 잔뜩 갖고 싶어 기회만 노리는데…….

마침 출행 중 자기네 밭을 매다 치마를 올리고 오줌 누는 마당쇠의 처를 보고 일갈이라.
"어허, 저 못된 짓을. 어디라고 양반 밭에 오줌을……!"
'실은 거름 되고 더 좋은 걸.'

남편 마당쇠를 불러 그 이야길 하며 노발대발이라.
"어이 그럴 수가 있단 말이냐?"
"아이고, 제 여편네가 아무 중정 없이 큰 실례를 저질렀습니다. 용서하시와요."
"어디 용서를 할 수 있는 일이더냐? 그리고 네 집의
송아지를 내 큰 집에서 키운다면 서로 얼마나 좋겠느냐?"
"예, 예. 그리하겠습니다."
"그래야지. 내 화 덩어리가 사르르 사라진다. 어험. 그렇게

고분고분들 하면 저만큼 서라고도 아니할 터……, 일이 잘
돼가는구나. 어험.”

이 못된 사회풍조들이 국망으로 달려가 왜놈의 손아귀에서
그 고생들 아니했던가. 정신들 바짝바짝 차리세!
그 괴물 양반들도 1894년 민중혁명의 불길이 치솟을 땐
상민들 앞에서
“자네들을 너무 가볍게 대한 건 천벌 받아 마땅하리.
자네들 것은 다 돌려줄 테니 그리 아시게.”
“자, 이 갓도 별 필요 없어.” 하며
꼬기작꼬기작 부셔 버리더라.

그 혁명이 있었기에 민주화 있었고,
민주화 있었기에 이 풍요로운 산업화로
선진국에 진입하였도다.
이 넘치는 힘으로 그 큰 숙원 ‘통일과업’ 이루세.

나라 망친 미녀

중국 은(殷)나라 마지막 왕의 애첩 달기(妲己)는
나라 망칠 미인이라.
주왕(紂王)은 포악무도하여 정치니, 외교니, 민생이니 모두
관심 밖이라. 달기의 원이라면 뭐든 들어준다니깐…….
망사로 가린 목간통의 벌거벗은 그 나체는
사나이의 눈을 홀릴 만하였어라.
주왕은 그것을 한참 감상하면서 술 한 잔 마시고…….
"나야말로 천하의 영걸이요 호걸이로다. 하하하하……"
또 한 잔 마신다.

애국 충신 비간(比干)은 상주한다.
"백성들은 생활고로 거의 다 아사지경입니다.
제발 통촉하시옵소서."
"오! 경은 진실로 나라를 사랑하는가?"
"예."
"그럼, 짐에 대한 충성심도 진실인가?"
"그러하옵니다."
"죽으라면 죽기라도 하겠는가?"
"예, 그러하옵니다."

"자 이 칼로 한 번 죽어 보라."

"……, 예."

목을 푹, 찔러 죽고 말았다.

결국 은나라는 주왕 재위 33년 만에
주(周) 무왕(武王)에게 망한다.
때문에 달기가 미인계를 쓰며 어느 나라의 간첩으로
행세했다는 설도 전해 내려오나니…….

달기(妲己)

허둥대던 일본이여

때는 1945년 8월 초순, 제2차 세계대전을 일으킨
일본, 독일, 이탈리아 3국 중 이탈리아의 무솔리니는
무조건 항복이요,
이어서 독일의 히틀러도 무조건 항복이라.
외톨이 일본은 사고무친이라, 그래도 버틸 대로 버티는데
그나마 믿는 나라 소련이 일본에 귀띔한다.
"미국의 강한 해병대가 조선반도의 서남쪽으로 상륙할
기미가 보이니 신속한 대처가 어떠하리."
소련의 그 말이 그럴 듯하다 판단하고 함북의 나남군을
전부 호남의 서남쪽으로 이동하였어라.
바로 소련군은 평양에 무혈입성하니
소련의 계략에 고스란히 속은 것만 같아라.

그 무렵, 미국은 일본의 히로시마에 원자폭탄 투하…….
그래도 버티는 일본이라 나가사키에 제2탄 투하라.
일본 천황 쇼와는 1945년 8월 15일 정오에 결국
무조건 항복하였고 전쟁 주범 도조는 미국
미조리함상에서 사형되니 통쾌라.
해방이라 자주독립이 될 줄 알았지만 일본 만행 때문에

미국과 소련이 38선으로 양단이라.

아이고, 약한 자의 통한이여!
하와이 진주만 폭격을 감행한 일본의 도조 히데기와
전 총리 고노에의 담판에서 고노에는 포고를 만류했어라.
"모든 게 풍요로운 미국을 쳐서 이득 될 게 하나도 없다."
만류했지만, 전쟁광 도조는 그 대전을 포고하여
패망의 구렁텅이로 빠지고 말았어라.

그렇게도 우리를 괴롭힌 악랄한 일본은 무슨 할 말이 있어?
그만하랄 때까지 사죄나 하지 못할까!
꽉 막힌 자들이여, 대오각성하라!

세 의사

냄새 물씬 성리학과 썩어빠진 그 관기에 교만 떠는
불량양반, 깜깜 먹통 그 외교에 물렁이 왕(王) 때문에
악랄한 늑대 왜놈에게 1905년 외교권 빼앗겼네.
그때 마침 네덜란드 헤이그에서 만국평화회의 열렸기에
고종도 일본 몰래 유라시아 철도를 이용
이준, 이상설, 이위종 세 사람을 파견하였어라.

일본의 하야시 곤조[林勸助] 외무는 조선의 외교권이
일본에게 있다며 조선 대표는 참가권 없다
강제로 막는지라 영국 대표의 권유로 겨우 등단하였다.
인사말만 하려는 이준을 끌어내리는데,
이준은 버틸 대로 버티다 역부족이라 품고 있던 비수로
할복을 단행하여 창자를 끌어올리며
"대한제국 만세! 만세!" 외치다 쓰러지고 말았어라.
장하고 장하지만 치미는 이 분통을 어이 참으리오.
분해서 못 살겠네. 참석한 외국 대표들은
무섭고 겁나는 이 장면을 보고 발발발 떨며…….
자랑스런 애국지사의 피를 손수건에 묻혀…….
세계에 그 충혼 알렸구나.

오! 이 비장함이여! 네덜란드 헤이그에 묻혔던
이준 열사의 유해는 국립묘지에 모셨다오.
정치한다는 왕 이하 관료들이 눈을 돌려 멀리 못 살피다
못 당할 꼴 겪고도 두 동강나게까지 뭣들을 하였는고……!
이 분함을 끝까지 씹으며 살아가네요.
우리는 부끄러운 조상은 절대 되지 말자고 굳게 다짐합시다.

헤이그 특사 3인. 왼쪽부터 이준, 이상설, 이위종.

충승(忠僧) 사명당(四溟堂) 임유정(任惟政)

조선 중기 임진년에 왜병은 동래, 부산에 수월히 상륙하여
파죽지세(破竹之勢)로 북진이라. 이 일을 어이할꼬…….
전국을 짓밟은 왜적은 금강산 유점사에도 몰려 닥쳐
"이 절의 금은보화를 내놓으라." 윽박이라.
주지승 사명당은 지팡이만 짚고 나와 호령 일갈한다.
"우리는 물욕을 멀리하고 초근목피로 연명하며
도만 닦는지라 어디에 금은보화가 있다는 말인고?
당장에 물러가지 못할까! 이 불한당들, 썩 물러가라!"
왜적의 사령관은 그 기세에 눌려 절 대문에
"이 절에는 도사스님이 계시는 고결한 곳이라.
한 걸음도 접근하지 말라." 붙여 놓고 도망치더라.

드디어 7년의 전쟁이 끝나고 종전회담을 일본에서 하는데, 조선 대표는 사명당이로다.
일본 대표의 수작으로 우리 대표를 골탕 먹일 별별 술수를 다 부리는데, 우리 대표는 슬기롭게 받아넘겨 왜 대표의 콧대를 눌러 당당만 하니, 그들은 최후 술책으로 우리 대표를 죽여 버릴 흉계를 쓰노매라.

철판 깐 방바닥에 사명당을 가두고
밤새 아궁이에 불을 지펴 철판을 달구는지라. 날이 밝자
옥리는 조심조심 재로 변했을 그를 상상하며 문을 여는데,
“아이고 깜짝이야!”
수염에 고드름이 허연 사명당이 일갈한다.
“너희들 나라엔 땔 나무가 이리도 없느냐? 추워 못 살겠다.
불 좀 더 지피지 못할까!”
일본 대표는 한숨이라.
조선의 사명당을 어이 해볼 꾀가 없구나.
‘우리가 졌다’ 백기 투항이라.

사명당은 포로 3,000명을 데리고 나와 보무도 당당히
개선하였더라. 그리고 인피 300장도 바치게 하였도다.
오! 통쾌한 승리여!
이런 분이 한 분만 있다면 통일도 바로 실현될 것만 같소이다.

관상 달인(觀相 達人)

중국 진(秦), 조(趙)의 일전에서 조의 염파(廉頗)군에 진이 대패라.
진의 황손(皇孫) 이인(異人)이 포로가 되어 공손건(公孫乾) 집에 묵게 될 제, 유명한 관상가(觀相家) 여불위(呂不韋)가 이인의 인품에 탄복하여 방대한 계획을 세우는지라.
본론에 들기 전에 여불위는 평소 식객만도 천 여 명에, 추종자가 만 여 명이나 되었던 대(大)관상인이며 지략가였도다.

진나라 소왕(昭王)의 왕자 20여 명 중 이인은 조실모친(早失母親)의 외로운 왕자였는데, 세자 안국군의 왕비인 화양부인(華陽夫人)이 자식이 없었다.
여불위의 계획으로 이인을 화양부인의 아들로 들이기로 하고 환국시켜 실천하니 화양부인도 크게 기뻐하였도다.
외로운 사람끼리 만났으니 참으로 좋아들 하였으며, 중개인 여불위도 흡족하였어라.

소왕이 죽고 세자 안국군(安國君)이 즉위하여 이인을 태자로 결정하기 전에, 여불위는 애처 조희(趙姬)를 이인의 처로 보내기로 내외가 밀약하였다.

유명 관상가 여불위는 이인을 왕상(王相)으로 보고 계책을 진행하였으니, 즉위한 안국군도 1년 후에 죽고 이인도 왕위에 오른 2년 후에 죽을 것까지 상(相)을 보고 예측하였으니 놀라운 일이로다. 더 놀라운 것은 자신의 애처 조희와 자기와의 사이에서 잉태한 아이가 태어나면 천하 영웅이 될 것까지 알고 조희를 황손(皇孫) 이인과 붙여 줬던 것이다.

조희가 낳은 왕자가 정(政)이라.
이가 즉위하니 진시황(秦始皇)으로 중원천하(中原天下)를 처음으로 통일하지 않았던가.
즉위는 하였으나 아직 어려 정승이 된 여불위가 섭정(攝政)하니 중원천하를 좌지우지(左之右之)하고, 전에 자신의 처였던 조희와 밀약할 때 장차 왕비 될 것까지 예측하였으니 대 관상가요 책략가였도다.

그런데 어린 진시황과는 정사 상의도 않고 애처 조희와 지나치게 놀아나니, 중앙 관작들의 눈 밖에 나 결국은 귀양살이[流刑] 당하여 허무하게 끝날 줄을 몰랐으니 비단에 흠이로다. 자결(自決)로 대단원의 막을 내렸도다.
호화찬란에 부귀영화도 일장춘몽(一場春夢)이었어라.

천재 최치원(崔致遠)

시험 보러 당(唐)에 간 바로 그때, 정승의 아들에게 우목낭상(寓目囊相) 설명으로 명성을 떨쳤으며, 또 17세의 어린 나이에 좋은 성적으로 과거급제하니 그의 명성은 참으로 대단하였어라.

정략가 최치원이 신라의 사신으로 당에 갈 제 테두리가 넓은 갓을 쓰고 궁실 정문에 다다라 들어가려 하니, 갓의 테가 정문에 걸려 못 들어간다.

'당의 기를 꺾으려 큰 갓을 썼노매라.'

수문장 : 모자를 잠깐 벗고 들어오시오.

최치원 : 무슨 소리! 이건 모자가 아니라 옷에 딸려

의관이라 하느니라. 고로 벗을 수 없다.

수문장 : 그럼 머리를 옆으로 좀 눕히고 들어오시오.

최치원 : 거 무슨 소리! 선비에게 감히 고개를 꺾어 옆으로 들라 하는고? 우리 신라는 작아도 이 갓을 쓴 채 출입하는데, 대국의 출입문이 이리 좁아서야……. 별 수 없구나. 이 문을 뜯어라.

수문장 : (왕에게) 문설주를 뜯은 뒤 들겠다 하옵니다. 어찌 하오리까?

당 왕 : (아주 중요한 내용인지라 그냥 가랄 수도 없고) 대문 한쪽을 뜯어라.

수문장 : '아! 문을 뜯고 들어가겠다는 신라 사신의 배짱이여!'

천재 최치원은 기어코 문을 뜯고 들어가 임무완수라. 한 나라의 외교관은 이 정도 꼿꼿한 자존심도 있어야지…….

절치부심(切齒腐心)하는 논개

임진년에 무작정 침공한 왜적은 우리 땅을 유린하여 닥치는 대로 살육이요, 약탈이라. 남원을 점령한 왜적은 반항하는 논개의 부친을 단방에 찔러 죽이고 으스대는구나.

'전사하신 아버님의 원수(怨讐)를 죽이고 말리라.'

아비의 원수를 갚겠노라 절치부심(切齒腐心)한 논개는 구례, 하동을 거쳐 진주까지 침공한 왜장의 환심을 사 사랑의 추파를 던지고 던져 앙칼지게 접근하노매라.

드디어 진주를 점령한 왜적은 촉석루에서 축하 파티라.
때는 이때다.
적장 가토 기오마사에게 계속 술을 따르고 춤을 추며 노래하고 적장의 환심을 사, 분위기는 절정에 올라 무르익어만 가는구나.
열 손가락의 반지는 한층 눈부시게 빛을 내는데, 적장이 논개를 힘껏 안고 완전히 황홀경에 빠져들 제, 열효(烈孝) 논개는 한 발 한 발 촉석루의 난간 쪽으로 유도하는구나.
시퍼런 남강의 일렁이는 물결 속으로 힘껏 적장을 안고 첨벙 빠졌어라.
성공이다.

허우적허우적 바위 위로 의기 논개가 먼저 올라붙어 물장쓴 그놈이 살려고 얼굴을 내밀면 그놈의 낯바닥을 보기 좋게 차고, 허우적허우적 다시 기어오르면 연거푸 보기 좋게 차고 또 차고 또 차, 기어이 고기밥을 만들었건만…….
건장한 논개도 지칠 대로 지쳐 그대로 순국(殉國)하고 말았으니, 원통하고 한없이 가엾어라…….
그 충의와 열효는 길이길이 역사에 남으리라.
오늘도 의암(義岩)에 부딪치는 파도는 끊임없이
출렁, 철썩! 짜르르르…….
처절하게 논개를 애도하듯 끊이지 않는구나.
출렁, 철썩! 짜르르르…….
오! 논개! 논개여!

왕건의 망친 외교

궁예의 부하 왕건은 936년 후백제의 견훤이 항복하고,
신라 경순왕의 큰 결단으로 무혈합병을 이뤄
한반도의 소통일을 이룬 데는 나름의 공이라 할 수는 있다.

그러나 거란의 축하사절을 멀리 귀양 보내고 낙타 30필을
만부교에 매달아 굶겨 죽인 외교는 폐교(廢交)로다.
그 이유를 '거란 너희들이 우리 발해를 멸망시켰다' 하나,
그것은 박덕(薄德)의 소치로다.
결국 거란이 1, 2, 3차까지 침입해
인명, 재산의 손실이 그 얼마더뇨.
지장 강감찬이 잘 격퇴하여 기세는 꺾였지만
대(對)거란 외교만 잘했으면 475년의 역사가 무난했을 걸,
왜 그리 소심했을까?

우리는 지정학적 이유로 경제, 외교가 소중함이
새삼스러운 것이 절대 아니며, 능소능대(能小能大)의
정치가 필요함이 절대 명심할 슬로건이다.

효자·열녀 5대가(五代家)

1. 효자 최기필(崔基弼)

효자의 자당(慈堂) 장택고씨 이장을 하러 명풍과 혈(穴) 찾아 무던히 헤매다가,
"여기가 명당입니다. 그런데, 여기다 모신 후 3년 후에 당신이 떠나실 자리입니다……." 풍수는 말한다.
"예, 좋습니다. 좋은 자리에만 모신다면 여한이 없습니다."
49세에 이장하고 51세에 자신이 서거로다.
이렇듯 몸 던져 효도할 분 일어나 보세요. 없지요?

2. 효자 최봉현(崔鳳鉉)

기필의 자(子)로, 미투리 돗자리를 만들어 짊어지고 고개 넘고 물 건너 16km 장터 찾아 끊임없이 쇠고기, 생선을 올렸으며, 혼정신성(昏定晨省)에 어버이 곁을 떠나지 않은 천효로다.

3. 열부 이장동(李莊洞)

기필의 손부로, 부군 윤호 위중할 새 새벽기도로 완쾌만을 간절히 빌며 상상 못 할 장거여! '부군 대신 이 몸을 먼저 앞세우소서……' 간절히 간절히 축원터니 먼저 서거하고 말았더라. 오! 열부의 귀감이여!

조부 기필과 함께 효열문에 받듦.

4. 효자 최승휴(崔升休)

기필의 증손으로, 모친 병세 위중에 지름 3~4cm의 허벅지 살을 도려내어 선혈을 받들어 수혈로 소생시킨 천효로다.

5. 효부 이예술(李禮述)

승휴의 처로, 시부 위중할 새 열지수혈(裂指輸血)의 열부로다.

6. 효자 최진휴(崔珍休)

최윤주의 자이며 기필의 증손으로, 6형제 중 3남으로서 혼정신성과 채약(採藥)으로 부친의 위장 치료에 온 정성을 바친 천효(天孝)로다.

7. 효부 한비봉(韓飛奉)

진휴의 처로, 낭군과 같이 그 효성이야말로 한국 여성의 모범이로다.

8. 효자 최병선(崔炳璿)

기필의 현손이요 승휴의 4남으로, 모친 위중할 새 열지수

혈(裂指輸血)의 천효로다.

위, 기필 - 봉현 - 이장동 - 승휴 - 이예술 - 진휴 - 한비봉 -
병선 5대 효열(孝烈)의 가문이 어디 있을꼬……?
효열가문 포상이 시급하여라.

유신(維新)에 등 돌린 망국배들아!

권세에 취해 버린 그 꼰대들이
유신(維新)하자는데 왕고집 부려.
1884년 갑신(甲申)개혁 어이 반대할꼬.
냄새 나는 민씨 패에 겹겹이 쌓여
자주, 평등 새바람에 등을 돌리고
간신들에 둘러싸여 썩는 내 물씬 난다.

유신파의 피맺힌 하소연을 외면 마시라.
교만한 그 청(淸)을 이기려면
이 판에 새 물기 온전히 받아
망국 군주 오명을 받지 마소서.
구미와 서둘러 국교를 트고
산업진흥, 병력증강 서두르면서
양반 세도들의 발호, 전횡 전폐하소서.
이 상소를 무시하고 고집 마소서.
눈앞에 무서운 몰락이 닥쳐옵니다.

손문과 비견(比肩)하는 김옥균(金玉均)을
일본 오가사하라로 유배(流配)라!

활동 재개하려 상해로 간 혁명가 김옥균을
고종 특사 홍종우가 때려 죽였네.
대 정치가 김옥균을 죽였으니 어떤 일을 제대로 펴리요.
여우 같은 일본에 먹혀 버렸네.
오! 원망스런 왕이여! 꼴통 수구여!

김옥균

임금을 평가한다!

닐니리 쿵더쿵,
백성이야 죽건 살건 내가 알 게 뭣이더뇨.
망해정(望海亭) 지어 놓고 덩덩 덩더쿵…….
망국인지 패국인지 내 알 게 뭣이더냐.
백성들은 망해 망해…….
하늘에 기도터니 660년 나당군(羅唐軍)에
팍삭 망한 의자왕이여!

임금 자리 놓고 부자간에 활을 쏘아?
명분 없는 임금인지 땡금인지 모범이라곤
코딱지만큼도 없는 이성계와 이방원!
그런 나라가 어이 잘 되기를 바라리오.
에헴! 유세나 하지.

4군6진 설치에 훈민정음 창제더라.
일꾼 임금 하나 있는가 하였더니,
왜적의 소굴 소탕해 얻은 이종무의 대마도를
다시 돌려달란 사정을 어이 들어줬는고?
한심한 세종이여!

조카 내쫓고 왕위 찬탈.
추악한 그 권위로 똥보다 더러운 이름을 남긴
수양대군 세조여!

압록강 꽁꽁 얼어 눈 깜짝할 새 도강하여
파죽지세로 남침이라.
"북 적의 남침이요!"
경비병의 급보에 도원수 김자점은
"이런 추위에 무슨 적침이냐……?"
이런 판단력은 똥멍청이요, 안일에 빠진 수륙군
총사령관이었기에 인조는 청 태종께 삼전도서 항복이라.
국방인지 망방인지 무슨 나라가 이래!

왜적의 북침에 온 나라가 아비규환인데 조선의 선조는
북쪽으로 도망치다 압록강에 막혔어라.
강 건너 중국으로 도망치려 하니 외려 명에서 하는 말이
"국민은 어쩌려고? 안 된다!"
그것도 임금이여?

중국 손문만큼 훌륭한 개화파 김옥균은
민씨의 세도 꼰대 고종에 막혀 뜻을 못 이루고,
개만도 못한 친일주구에 또 막혀 상해로 갔으나
자객 홍종우에 척살당했어라.
"역신을 죽였으니 잔을 올리오."
그의 시체를 불고기로 종묘의 선왕께 바쳤다.
한일합방 회의에서도 무책임하기 짝이 없다.
"경들이 알아서 하시오."
아이고! 이것이 왕이여? 역적이지!

6·25 한국전 때 대통령 이승만은 생쥐처럼 부산으로 내뺐다.
이런 자 대통령 자격 있나?
이런 혹평의 대상만 나쁜 게 아니라, 그 시대를 산
백성들도 공동책임이 있다는 걸 명심하자스라.

제5장

지혜로운 삶을 살아야……

취객과의 대화에 요명심(要銘心)

서울 서대문구 천연동 아파트에 살 무렵
영천시장 가는 좁은 골목서 만취한 사람과
스칠 그때, 말도 아닌 소릴 지껄이는지라
"예, 한잔 하셨군요. 기분 좋으시겠습니다."
넌지시 대꾸했더니 내 손을 꼭 잡고
"이렇게 말씀하시는 분 처음이라."며 "아 기분 좋아."
하면서 시장으로 끌고 가 술 한탕 걸게 사더라고요.

살아가다 취객을 대할 때
'어디서 술 마시고 행패야!' 했다가는
'뭐? 네가 술 사줬어?' 대들며 봉변 줄 거라.
큰 문제 아닐 땐 상대방의 행위를 인정하는 것이
문화인의 행동일 것이로다.

인생(人生)은 요지경

학교가 싫어싫어 결석 많던 저 한심이
뒷심이 너무 좋아 고등교육 미끈히 마쳐
별 고생 아니하고 수월수월 가더라
그 인생 복도 많아 인생고해 모를 거.

공부를 하고파서 몸 닳게 뛰던 저 분
밀어줄 뒷심 없어 갈팡질팡 헤매다
하는 일 마냥 꼬여 땀범벅 한숨인가
그 인생 복도 없어 짜고 쓰고 고달퍼.

좋은 뒷심에도 투지 없인 별 것 없고
철썩 투지라도 뒷심 없인 땀투성이
뒷심 좋고 투지 좋아 그 여건 맞으면야
'두 날개' 크게 저으며 큰 업적들 남기리.

짐승은 차별 없어

"사람 사는 세상이 짐승 세상보다 못하다?
세상에 있을 수 있는 일인가?"
"무슨 말을 하고자 꺼내는 거요?"
"글쎄, 들어 보세요"

10여 살 된 양반집 애가 80살 넘은 노인에게
"어이, 잘 있었는가?"
"예, 도련님. 어디 가십니까?"
"서당에 공부하러 가네."

어쩌다 족보 간수 못하고, 세보 못 대면
천덕꾸러기 상놈으로 떨어져
짐승만도 못하다 이거라
못 죽어 사는 인생 통분 통분이여!

이렇게 인간차별 헛기침만 '에헴'
실속 없는 양반들 꼴불견일세.
갑오(甲午) 민중혁명 그 기치 아래……
갓도 꼬기작꼬기작, 노예문서 불태우고

코가 땅에 닿게 굽혀 굽혀 용서를 빌었어라.

6·25의 그 분란 때 대창 흉기 휘두른
그들이 인간 대접 못 받던 그들이라오.
이젠 선진 국민이라…… 똑같은 인권인데
차별이 어디 있어? 살 만한 세상이지…….

낙엽(落葉)은 귀근(歸根)한다

고막을 찢을 듯한 굉음과
숨 막히는 공해를 끈질기게 이겨내며,
도시의 문턱쯤에서 600여 년 역사와 함께
아름드리 소나무는 살아왔노라.

그 고난과 고통을 어이 다 표현하리오.
내 그늘에 고달픈 백성들, 그리고
'쭝궈런, 니혼진, 아메리칸'도 쉬어들 갔다.
질 나쁜 이산화탄소(CO_2)와의 투쟁으로 양산한
산소로 뭇 것들을 살렸노라.

그러나 어이 하랴, 세월을 이겨낼 장사가 어디 있으료.
이제는 별 수 없이 고목 돼가네.
썩어 들어가는 몸뚱이를 양분으로 봄이 피어나고
희망이 넘실넘실 넘치는구나.
낙엽도 푹푹 썩어 뿌리로 돌아가 초록의 그 임무를
후손들에 넘기고 이제 자연으로 기꺼이 돌아가는가.

이것이 자연의 '윤회'라는 법칙이라.

이 즈음에 지팡이 끌고 제자리걸음 하는 저 노인장은
서산마루의 석양을 하염없이 바라보며 장탄식인데
기다란 그림자만 쓸쓸히 따라가네.

정성만 다하면 앞길은 탄탄

침략의 원흉 '도요토미'는 전체 일본을 할거하던 군웅들의 싸움에서 최후 승리한 '오다 노부나가'의 부하로다.

그의 처음 직책은 아주 천한 상전의 산장 지킴이라.
맡겨진 일에 최선을 다하는 도요토미인지라 현관 청소부터
신장 신발까지 혀로 핥을 만큼 말끔히 청소하고,
겨울철에는 상전이 출입할 때 발이 시려울까 그의 신발을
가슴 품안에 데우고 있다가 상전이 나올 때쯤 살짝
내놓는 등 정성을 다하는데, 어느 날 상전이 호통이라.
"네가 신고 다니다가 내놓는 거지? 빠가야로!"
"아닙니다. 절대 아닙니다."
그 후 어느 날 아침도
전처럼 더러운 신발을 가슴 품안에 넣어 데우던 중
딴 생각 하다가 상전에게 들키고 말았다.

"오! 그랬구나! 내 발을 위해 신을 가슴에 품다니……"
그는 크게 감동하였다.
"수만의 부하 중에 너야말로 나의 심복이로다."
그 막강한 대일본의 전권을 그에게 넘겨주었던 것이다.

모든 일에 최선만 다하면 앞길은 탄탄대로로 뚫린다는 철칙이겠지요.
전권을 쥔 도요토미는 서슬이 멀큼한 군웅들의 '어금니'를 달궈 버리려 임진년에 조선을 침략하였다나 봐요.
'불여의(不如意)를 한탄 말고 최선을 다하자.'

도요토미 히데요시

열부(烈婦)

어느 여름날의 일본 오사카[大阪] 근처이렷다.
폭염으로 푹푹 삶아대더니 동이물이 쏟아지듯 폭우라.
천지개벽 되는 듯, '뚜구르르, 딱~ 따르르' 천둥번개와 함께
쏟아지는 폭우에 열정으로 살아온 초로(初老)의 부인이
일 보러 시내에 나갔다가 폭우를 만났으니. 어이할거나!

두 주먹 갈라 쥐고 줄곧 달려 집에 도착했을 때는
이미 마당이 번천되어 무릎까지 닿더니
몇 걸음 걷는 사이 허리까지, 차츰차츰 가슴까지……
"여보!"
허우적거리는 불구의 남편을 껴안고, 꼭 꼭 껴안고
"여보! 여보!"
물장 쓰다 꼭 껴안고 정사(情死)를 하였단 말인가!
참으로 몸서리쳐지는 그 장면……
놀라운 일이 아닙니까?
존경합니다. 극락왕생 하시어 정겹게, 정겹게 사시옵소서.

어! TV 뉴스에 황혼 이별이 부쩍 늘었다고?
조금만 참으세요.

그 고통 이겨내며 힘을 모아 이룩하신 그 가통을
든든한 자손에 넘겨주시고,
꽃처럼 봉올봉올 피어나는 자손을 바라보시며
여생을 지족자오(知足自娛) 하소서.

참 벗

'허만한'과 '여수한'은 송(宋)나라 사람으로
하늘이 낸 신우(信友)로다.
허청년이 남의 꾐에 넘어가 엉뚱한 죄를 뒤집어써
사형언도를 받은지라.
고향의 노모(老母)님 서거를 알리려 친구 여청년이
숨차게 달려오고, 사형 집행일이 3일 남은 허청년은
모친 장례 치르러 가야 하는데 어이할거나.
만약 집행시간을 어기면 친구 여청년이 대신 죽기로
문서까지 작성하고 계속 뛰고 뛰어 겨우 치상한 후,
뛰고 또 뛰어 숨차게 달렸건만 집행시간인 정오는
어김없이 다가오는지라.
아! 어이할거나.
법대로 여청년은 교수대에 앉고야 말았도다.

시간은 다가오고, 북소리가 세 번 울리면
여청년은 이 세상을 하직이라.
쿵~ 하나, 쿵~ 둘……
이때 형무소 정문에 태산이 무너지듯 '절푸덕' 넘어지는
소리와 함께 정문 수위가 "잠깐! 잠깐!" 외치며 정신없이

달려온다. 세 번째 북은 치지 않고
“멈춰! 웬 일이야?”
“예, 허청년 도착이오.”
“사형집행을 중지하라!”
겨우 기어오는 사형수에 따가운 시선이 집중되었더라.

왕에게 두 청년의 긴박했던 상황을 알리자 눈을 크게 뜬 왕은
“사형을 사면하라. 내 나라에 이렇게 위대한 청년들이
있다는 말이냐? 참으로 감탄스런 사건이로다!”
사형장은 온통 감탄과 감격의 눈물바다로 바뀌었고
많은 포상금까지 받은 두 청년은 부둥켜안은 채
우정의 뜨거운 눈물을 펑펑 쏟으며 정겹게 돌아와
행복을 누리며 잘 살았다 이거라.

이거 얼마나 자랑스런 젊은이들인가!
이 세상을 사는 우리도 이런 벗이 하나만 있다면,
즉 목숨을 바꿀 벗이 있다면 자랑스런 인걸이로다.

양상군자(梁上君子)

시골의 큰부자 양씨(梁氏)는……, 대문 잠그기 전에 살짝 들어와 주인이 잠든 뒤에 황소를 끌고 갈 도둑이라도 잡을 량…… 해 저문 뒤에 칼을 차고 외양간에 들어서며 말을 한다.

"추운데 왜 거기 엎드렸는고? 이리 나오게."

"예."

도둑이 발발발 떨며 용서를 빈다.

"자네가 원하는 게 뭔가? 힘껏 가지고 가게."

"예, 쌀 한 자루만 주십시오."

"그래, 이후로는 발 깨끗이 씻고 열심히 살다가
뭣이 필요하면 또 오게."

"예, 예. 고맙습니다."

세월이 많이 흐른 늦가을 어느 날 밤에
지붕 위에서 부스럭 부스럭……
'도둑이 천장에 구멍을 파는 기미로구나.'

주인은 일어나 앉아 부인을 깨운다.

"여보, 무슨 잠만 그리 자는 게요. 잠깐 일어나 내 얘기 좀 듣고 주무시오."

"그래요, 무슨 재미있는 이야기를 하시려구요?"

"옛날 어느 거부 집에 도둑이 들어 주인이 잠든 사이 천장에 구멍을 낸 후 긴 천을 드리우고 내려와 뭘 좀 훔칠 작정이었소. 헌데 주인 부부가 일어나 이야기하는 그때 그 천을 타고 내려와 죽을 죄를 지었다며 용서해 달라고 하니, 주인은 그럴 수도 있겠지 하며 도둑이 필요한 만큼 짊어지고 간 뒤 발 깨끗이 씻고, 또 필요한 것이 있으면 오게 하였다는데, 이렇게 대오각성한 분을 양상군자라 한다는 미담이오."

"참 좋은 이야기네요. 잘 들었어요."

이 말이 끝나자마자 도둑이 주욱 천을 타고 내려와

"죽을 죄를 지었습니다. 제발 용서해 주십시오."

무릎 꿇고 싹싹 빈다.

"자네가 필요한 게 뭔가? 힘껏 짊어지고 가게."

"예, 쌀 한 포대만 주십시오. 온 식구가 굶어죽겠습니다."

힘껏 짊어지고 간 후로 발을 깨끗이 씻고 군자가 되었다는 개과천선의 아름다운 이야기라.

그래. 그이도 틀림없는 양상군자라.

진심으로 회개하여 다른 사람이 되면 제2의 인생을 사는 것이라오.

새옹지마(塞翁之馬)

중국 변방에 근근이 살아가는 한 노인네가 있어.
애지중지 키우던 말 한 필이 없어졌으니 큰 사건이라.
동네 사람들이 몰려와서
“얼마나 상심이 크십니까?”
“그럴 수도 있는 게지…….”
태연만 하더라.
행방불명의 그 말은 몇 년 후에 여러 마리의 새끼를 몰고
돌아왔어라. 동네 사람들은 축하 일색이라.
“뭐, 그럴 수도 있지 뭐…….”
유유자적 도인이롤세.

그 중 좋은 말을 골라 아들이 즐겨 타더니
어느 날 낙마하여 다리뼈 골절로 장애인 됐네.
마을사람들이 구름처럼 몰려와 위로들 한다.
“뭐, 그럴 수도 있지요. 고마워요.”
몇 년 후 이 나라에 강적의 침입이라. 어이할거나, 딱해라.
많은 청년들이 총출동하여 적과 싸우는데 새옹의 큰아들만
불구자라 참전 불가로다. 참전 용사들은 거의 다 전사하고,
그 아들만 살아남았다 이거야요.
유유자적(悠悠自適)만이 적절 아니리오?

인생(人生)은 가장 어려운 시험이다

많은 사람들은 모두가 다른 시험지를 갖고 있다는
사실을 깨닫지 못하고
그저 타인을 흉내 냈기에 낙제(落第)한다.
수능시험은 인생의 시험 가운데
아주 작은 하나에 지나지 않는다.
더 어렵고 더 소중하고 의미 있는 시험들이
인생의 앞길에 무수히 남아 있고, 이제 그것에 대비한
진짜 공부를 시작할 시점에 다다랐을 뿐이다.

상대를 평가할 수 없는 오직 자기만의 시험,
스스로 만들어 갈 미래에 대한 굳은 결의만이
우리 모두를 승자로 이끌어 주리라.
'포기하지 마라, 절대로 포기하지 말라.'

참 친구, 거짓 친구

그렇게도 바라던 귀동자라 '불면 날릴라, 쥐면 꺼질라' 가통(家統) 이을 내 아들 남에게 흉 아니 잡히고 후레자식이나 면하려 정신 곤두 세워 잘, 잘~ 기르나니 이름도 아주 천하게 '개똥'이라 지었어라. 옷차림도 거지처럼 누덕누덕 기워 입혀 잘 커가니 흐뭇하여라. 그러나 재산은 꽤나 넉넉하도다.

"개똥아!"

"예."

"이제 너도 장성하여 청년이 되었거늘 친구도 많이 좀 사귀어 헌헌장부가 되어야 할 터. 용돈도 넉넉히 줄 테니 좋은 친구를 많이 사귀어라."

"예."

날마다 밖으로 돌아다니며 친구도 많이 사귀어 자랑스런 장부로 성장하였노라.

내 자식이 얼마나 좋은 친구를 사귀었는지 궁금한 아비는 뜻밖에 큰 사고를 쳤다며 걱정이 태산이라 한다.

"개똥아."

"예."

"네 애비가 오늘 주막에서 술 몇 잔 먹으면서 말다툼 끝에 주먹질까지 하게 되어 사람을 죽였으니 어이할거나.
오늘 밤 아무도 모르게 시체를 좀 숨겨야겠으니 제일 친한 네 친구 집에 가서 좀 부탁해 봐라."
"예. 문제 없습니다."
"그래. 시체는 내가 질 터이니 네가 앞장서라."

친한 친구 집에 도착해 조용히 부른 즉, 반갑게 맞는지라.
"여보게, 내 부친이 실수로 살인을 하셨으니 자네의 너른 집 허청에 감쪽같이 좀 숨기세. 부탁하네."
"아! 시체 은닉했다가 나까지 걸리면 어이하려고?"
버럭 뛰며 거절이라.
다음 친구, 또 다른 친구를 찾았지만 모두 거절이라,
개똥이는 면목 없이 허둥허둥 돌아오고 말았어라.

"알았다. 별 수 있느냐? 내일 밤엔 내 친구 집에 가보자."
다음날 밤 야음을 타 시체는 아들이 지고 아비가 앞장이라.
"형구 형 계시는가?"
"어이, 어서 오시게."
"그런데 이 일을 어이한단 말인가!"

"무슨 일인가?"

"그저께 저 앞 주막에서 술 한 잔 먹다가 언쟁 끝에 주먹질까지 하게 되어 사람을 죽였어. 내 집은 좁아서 너른 자네 집에 좀 숨기자고 이렇게 찾았다네. 미안하네."

"어허, 얼마나 놀랐는가? 암 그렇게 하고말고. 어서 이쪽으로 옮겨 숨기세. 크게 염려 마시게."

개똥이 아버지는 목을 가다듬고 나서 친구 귀에 낮은 말로

"살인은 무슨 살인! 돼지 한 마리 잡았으니 동네잔치나 한번 하자구."

사주는 술, 밥만 낼름낼름 받아먹는 건달은
참 친구 아니고말고.
친구 지갑 사정이나 넘보는 사람도 참 친구 아니고말고.
못된 병에 걸렸어도 쌀 한 되 싸들고 문병 가는 사람이
참 친구고말고…….

의욕만은 강해야지

뭔가를 하고파서 실컷 뛰었노라.
보람차게 뛰려고 무던히 헤맸노라.
대아(大我)에 살려고 천신만고 겪었노라.
강한 그 의욕이 나와 나라 키웠노라.

나름대로 들인 공이 흐뭇하기만 하노매라.
선진국에 들어섬이 땀과 피의 공이라네.
모든 것 차세대에 오롯이 넘겨주고
조용히 고개 넘어 저 세상도 그러리.

재산은 뜬구름, 영화는 물거품.
올 때도 빈 손으로, 갈 때도 빈 손으로.
실컷 뛰다 가는 게 보람찬 나그네라.
그 강 건너 보일 게 있어야 우대하오리.

속단은 금물

중국 전국시대. 위의 조조는 성격이 조급한 간웅이란 평도 받는 영웅이었다.
정해진 기일 내에 목적지에만 도착하면 선점이라, 여러 이득을 앞둔 강행군에 그 많은 장졸들이 행군에 불복하면 사태는 심각하다. 부하들의 불복 이유는 갈증 때문이라.
목이 말라 사기가 땅에 떨어지니, 지혜로운 조조는 묘책 없어 낙심하던 중 묘책을 떠올려…….
"나라에 충성을 맹세한 장병 여러분! 이제 목적지에 거의 다 왔습니다. 이 고개만 넘으면 그 시큼한 매실이 우리를 기다립니다. 두 주먹 갈라 쥐고 끝까지 버텨 저 매실로 침을 삼킵시다. 야! 가자!"
강행군을 계속한 결과 제 시간 내에 도착해 요새를 점령한 군사비화라.
세계 전사(戰史)에 남은 유명한 '시큼 매실과 해갈'의 병법이었다.
과연 기발하여라!

또 다른 강행군 중 날이 저물어 큰 하천가에 숙영하던 날.
그 안마을에 절친한 친구 여백사(呂伯奢)가 있음을 알고 방문하여 다정한 이야기로 시간을 보내는데, 대화 중 고달픈 조조는 깜박 깊은 잠에 들었어라. 비몽사몽 중 들리는 저 소리, 쓱싹쓱싹 칼을 가는 소리가 아닌가!

'오라, 저놈이 나를 죽이려고 칼을 가는구나. 뭐! 내가 선수 치면 끝이지.'

'치앵, 칭, 착' 한칼에 여백사의 목을 내리쳐 버렸다.

아뿔싸, 유심히 보니 부하들을 한탕 먹이기 위해 돼지 잡을 칼을 갈고 있었던 것을……! 이를 어쩌나.

"어이할거나! 백사야! 백사야! 아이고, 아이고……."

이렇게 성급한 조조도 그 뒤론 대오각성하여 제반사에 신중, 신중하였다오.

魏武行役，失汲道，军皆渴，
乃令曰"前有大梅林，饶子，甘
酸，可以解渴。"士卒闻之，口皆
出水。乘此得及前源。
——《世说新语·假谲》

망매해갈(望梅解渴)

이러쿵저러쿵

이현령비현령(耳懸鈴鼻懸鈴), 조삼모사(朝三暮四), 조령모개(朝令暮改), 묘두현령(猫頭懸鈴), 모순당착(矛盾撞着), 횡설수설(橫說竪說), 이랬다저랬다 갈피 잡을 수 없는, 곧 말이 안 되는 그런 말들 아닌가.
당나귀에 아비를 태울까? 아니면 어린애를? 그도 아니면 부자를……?
에라, 결국 당나귀의 네 다릴 묶어 장대에 매고 당나귀를 이고 가노매라…….
그도 안 될 말, 모든 일이 그렇구먼. 주관이 뚜렷치 않으면 웃음거리가 되고말고…….

고려 말 조선 초의 방촌 황희의 여종 하나.
"대감님, 저 애가 이러쿵저러쿵 했대요."
"옳지, 네 말이 옳다."
다른 종년이
"저 애가 먼저 저러쿵이러쿵 했대요."
"옳지, 네 말도 옳다."
듣고 있던 방촌부인이 보다 못해 말한다.
"영감님, 왜 그리 분명한 판단을 못하시고 둘 다 옳다고만 하십니까?"
"그렇지, 그렇지. 당신 말도 옳아요."

며칠 후 여종 아이가 헐레벌떡 달려와
"어젯밤에 인왕산이 무너졌답니다."
"그래. 그 산이 안 무너질 거냐? 네 말이 맞다."
조금 있다 그 종이 달려와서
"제가 잘못 들었습니다. 인왕산이 무너지지 않았답니다."
"그래. 그 말이 맞다. 바위산이 어찌 무너지랴."

이렇게 속단을 하지 않고 중용을 지켰기에 28세의 청년 황희는 역성혁명의 격동기를 무난하게 넘겨 조선 초기의 명정치가가 되지 않았던가. 세종 밑에서 영의정으로 10년 독상의 황희가 한 시도 세종 곁을 떠날 수 없었다니 불세출의 영웅이었어라.
임진왜란의 그 큰 국난도 이원익, 이덕형, 이항복, 류성룡, 사명당, 이순신, 권율 등 기라성 같은 큰 별들이 있었기에 버티고 이겨 한강 북은 명에, 남은 왜에 분단 점령당하는 위기를 면한 것만 같소이다.

요통

말로 다 못할 그 좋은 시절, 청춘이여!
맘껏 일하고, 양껏 먹고, 실컷 즐겁게만 살았노라.
두려움 없이 자유를 만끽하며 철없이 살았구나.
무한정 살 것처럼 내키는 대로 살았어라.
체력 안배 아니하고 절제는 아예 잊어
과로, 과민이 해 될 걸 미처 생각 못했어라.
지혜 없고 철없는 짓 무턱대고 살았구나.

힘 넘치는 젊음들이여! 지나칠 '과(過)'만 경계하자오.
어느덧 어슴어슴 서산 그늘에 이르렀더냐.
요통, 두통, 관절통이 떼 지어 몰려오네.
후회한들 무슨 소용, 일회용 인생인걸…….

청춘들이여,
흘려듣지 말자스라! 병마 닥치면 만사는 끝장이라.
반 만 년의 만고풍상 겪은 근역강산아!
허리 잘린 불운으로 금수강산 망가진다.
신경 혈맥 통해야만 살맛이 날 것인데
온통 꽉꽉 막혔으니 어이 살아날 것인고…….

하나일 때 방심하다 큰 요통에 걸렸어라.

팔짱 끼고 무사안일, 이 때문에 고통을 앓고 있다네.

끈기로 이겼노라……!

7난8고 극복하여 통일된 무궁화동산 차세대에 물려주세!

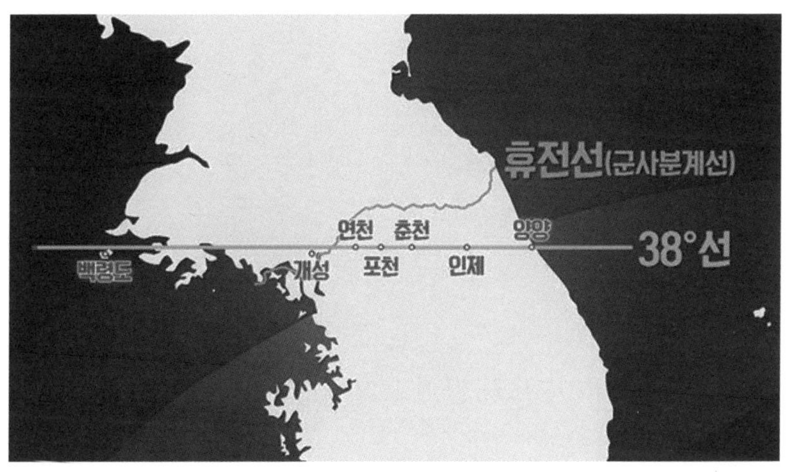

휴전선과 38선

빈부무상(貧富無常)

이랬다저랬다 하는 조령모개(朝令暮改)니, 엎치락뒤치락 하는 변화무쌍(變化無雙) 지각(地殼) 변동으로 천지가 개벽(開闢)한다는 이런 말이야 들어봤지만, 복권에 당첨 돼 30억 원을 벌었다는 김여인이 하루아침에 거지가 됐다는 뉴스는 쉽게 이해가 가지 않기만 한데, 변화무쌍도 어느 정도지 하루아침에 길가에 나앉는 30억 원 부자의 딱한 사정은 도저히 납득되지 않는 상황이라네.
꿈만 같구먼. 사주인지, 팔자인지 믿기지 않는 아리송함이여!
그이는 또 거액에 당첨되어 떵떵거리고 잘 산다니 제발 또 왕거지는 되지 마시오.
미국의 기부천사 킹(King)씨는 연속 복권 당첨의 행운아인데, 당첨금 전액을 기부한다니 이런 불가사의가 있을 수 있나…….
아마도 천우신조(天佑神助) 틀림없으리. 궁금도 하네.
남을 돕는 직업, 복권업이라고나 하면 될는지…….

'에이, 나도 한 번 사보자.' 하는 흉내는 하지를 말고
땅 짚고 헤엄치기, 소가 밟아도 안 깨질 그런 삶이
든든하고 영원하리…….

노래와 춤

바늘과 실이 도와 그 많은 옷 만들고
부부가 서로 어울려 국가발전 핵이 되듯,
노래와 춤 잘 얼리면 일품 무대 이루더라.
흥 넘치는 그 노래에 어울리는 그 춤이사
밤새도록 보고지고, 놀고지고……
제 나름의 그 리듬에 어울리는 그 무용은 생래의 본능일 터,
유희본능 그것이라.
흥겨운 곡 들리면야 세 살 된 아이도
끄덕끄덕, 오졸오졸……
음악 들은 제라늄 꽃 색깔이 더 곱고요,
가무 아는 그 일꾼은 융통성도 능란하고 각계각층 달인일세.
가무는 양(洋)의 동서, 때의 고금 가름 없이 면면이 있었다오.
오졸오졸, 얼쑤얼쑤, 에라 좋다. 놀아보세…….
쿵 작작, 쿵 작작, 쿵자 쿵작, 쿵자 쿵작, 돌아 돌아 돌아간다.

영가무도(詠歌舞蹈) 그 안의 알맹이는 가무라 이거.
예(藝)·악(樂)·사(射)·어(御)·서(書)·수(數)는 6예(禮) 아닌가!
이것을 즐기면야 바람직한 예술가요, 예술가는 멋쟁이다.
그 예술 없었다면 김빠진 맥주요, 사막 아닌가.
고달픈 인생항로에 예술은 윤활유다.

요철(凹凸)의 조화

삼라만상의 이룩됨과 유지됨이 오직 요철에 따름이로다.
산이 있음에 바다가 있고, 볼록과 오목 합쳐 사각 이루네.
암술과 수술이 서로 맞추려 오목 볼록으로 맞게 되었다.
그것들이 신비롭게 서로 맞춰질 땐 서로 취해
황홀경에 빠지리로다.

서로 끌어당겨 달콤으로 끝남이 절대 아니요,
멘델(Mendel) 법칙대로 종족 남기리.
서로 유인하여 수탉, 꿩, 오리, 공작 등은 수놈이 화려하고
인류는 여성이 화려.
재미없고 흥 없다면 퇴폐로 갈 것.
자연의 법칙은 신비, 신비, 신비스러워.
볼록과 오목이 자연스럽게 자석처럼,
찰떡처럼 여지없이 달라붙어.
그리고 완벽하게 결합이 되어
그리 그리 아쉽게 표현 못할 그것……
실컷 즐기는 법칙 지키니 알다가도 모를 일.
탄생 과정의 신비로움이여!!

하늘 높이 치솟는 듯, 땅 속 깊이 빠지는 듯,
충전으로 요철을 십분 활용해
활력소 보강으로 흥겹게들 살자스라.
암나사 수나사, 암기와 수기와,
온갖 그릇의 밑짝과 뚜껑……
기구까지도 짝을 맞춰야 제구실 한다.
짝 맞춤 없다면 모든 게 없다.

행복이란?

오래 살며 많은 자손 그게 아닌가?
귀하고 복 많으며 건강하면 되는 게지,
이도 저도 그도 모두 아니네.
18세기 조선 인구 2,000만 명일 땐 과객을 불러들여 며칠
씩 묵어가고 이웃끼리 도란도란, 인정이 모락모락……
의학, 생산기술, 과학문명 첨단으로 발달인데
반대로 추락인 우리 자랑 그 예절.
짓밟힌 그 인륜을 제자리로 돌리자.

100년 전 인구보다 두 배도 더 늘어
노인, 유소년을 어찌 다 부양할꼬?
모든 게 발달하여 멈춤 없이 치솟는다.
문명 기구 양산하고 수륙(水陸)에 마구 시설이라,
병 많고 고통 많음 그것이 답이로다.
지질, 수질, 공기까지 온통 오염이나,
그나마 발달된 의약으로 이만큼 버티는데…….
'너희들 너무 한다.' 조물주는 노발대발.
천지 간에 온통 뿌린 그 악보를 받는지라.
너무 파고, 짓고, 만듦…… 그것이 악보라네.

멈춰라, 걸어라, 본 길로 돌아가자.
내가 지은 그대로 내가 받은 죗 값이라, 달게 받자스라.
증오, 욕설, 시기, 질투 모두 멈추고야
감사하고 유연하여 뜨거운 정 베풀며 사랑하자!
그것이 행복이라.
그 행복은 우리 마음에 있다니까.

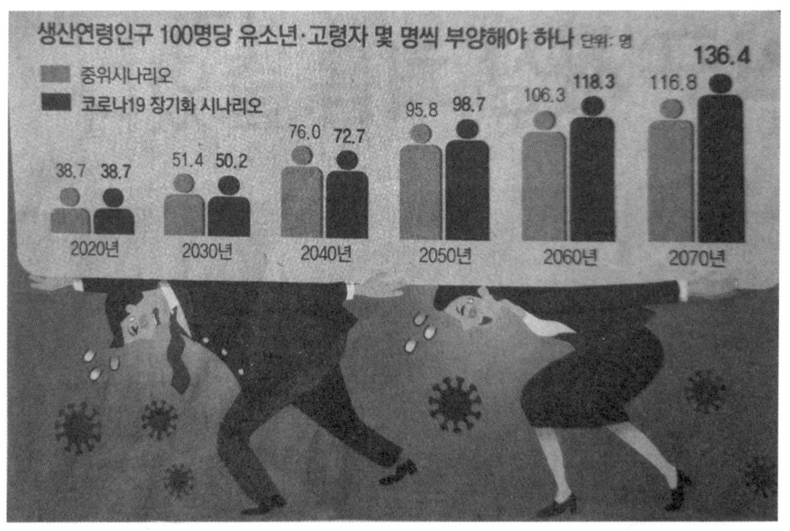

후회 없이 살아보세

불효막심 그 사람들, 가신 뒤에 후회 말고 고분고분 받들고저.
친족에 친절 않다 멀어진 뒤 후회 말고
사랑과 감사로만 어울려 살고지고.
세상이 바뀌었네.
토실토실 어린애들, 잘 크도록 사랑으로 감싸주세.
늙었다 포기 말고 경험으로 훈계하여 올곧게 키워보세.
젊어서 안 배우고 늙은 뒤에 후회 말자.
때 놓치면 못 배우니 이 순간이 소중하리.
어려운 일 생각 않고 실패한 뒤 한탄 말세.
힘의 안배로야 그 끈기로 성공하리.

푸렁푸렁 부자 양반, 가난 뒤에 후회 말고
근검으로 유지하며 자손 위해 음덕 쌓으소.
봄에 아니 심으면 가을 되어 후회하리.
무엇이든 때가 있어 근면이 보물이라.
술 취해 망언하고 깬 뒤에 후회 말소.
실수 없는 그 취객이 멋드러진 선비로다.
문단속 허술하다 도난 후에 후회 마오.
유비무환 그것만이 철칙 아니던가.

국방에 허술하다 적침 후에 갈팡질팡, 역사가 증명한다.
매의 눈처럼 살펴보자.
은근과 끈기로 물려준 우리 강토,
강대국 틈바귀서 빳빳이 살고지고.
인생은 시련의 연속이다.
그 시련 극복하면 천국 맛보고, 시련에 실패하면 지옥 맛보리.

제6장

힘 있는 나라여야 길이 보존되리

미국을 알자

(※ 도솔출판사 《미국분, 미국인, 미국놈》 부분 발췌)

풍요로운 그 산물에 알맞은 온·습도라
온 누리에 보기 드문 고루 갖춘 아메리카!
조화신의 작품인가, 저 웅장코 절묘한 그랜드캐니언.
그냥 주저앉아 영원히 녹아 버리고만 싶은 거대한 걸작
나이아가라폭포여!

마냥 밤이 없는 그곳 라스베가스, 저 맨해튼의 마천루,
NBA의 귀재 마이클 조던, 불세출의 노래와 춤쟁이
마이클 잭슨, 그리고 세계의 돈줄을 거머쥔 월스트리트,
세계의 파수꾼 CNN……
아! 그리도 많은 볼거리, 걸작품에 놀라 자빠지는 표정이여!

그렇게도 좋기만 한 서비스와 좋은 가격,
그러나 불리하면 놀랄 만큼 얼음처럼, 칼처럼, 냉정하여라.
기독의 박애정신, 이기(利己)적 자본주의,
그것이 미국을 이끌고 간다.
불가근불가원 하자스라. 칼날 같은 손익계산,

그러나 지피지기면 백전백승하리라.

교통경찰에 캐러멜 하나 줘도 뇌물공여로 즉각 구속이요,
유언, 유서 없는 유산은 나라에서 그냥 몰수라오.
머리 깎고 현금 없어 빵으로 줬더니 이유 물문 세금부과,
이렇게도 이(利)에 밝은 미국이지만
여행 중 애를 분만하기만 하면 너무 많은 혜택이라.
아! 깊고 넓은 복지정책이여!

미국인 그들, 신의니 도의보다 실리에만 밝디밝아 그래서
닉슨 독트린- 스스로의 힘으로 먹고 지켜라.
주월미군의 사정없는 철수가 그것.
주한미군도 너무 믿지 말자구요,
호시탐탐 노리는 4강을 묶어놓고 우리끼리 도란도란 살
궁리도 하자스라.

잘 사는 그 국민에,
철학이니 인의(仁義) 없고 깊은 생각 없는 정신적으로
못 사는 나라. 집값, 땅값 싸고 자유롭긴 지상낙원인가.

서로 의지하고 믿고 사는 합중국의 그 멋,
보기 드문 나라롤세.

아메리칸의 눈엔 한국이 잘 익은 사과, 맵시 넘치고 늘씬한
매력덩어리의 처녀로 보일 것만 같다.
그래서 향기 물씬 묻어나지만 감히 접근 못할
'뜨거운 감자' 같은 미쓰 월드로 가자.

한국전쟁이 터지자 UN 22개국과 함께 3군을 비롯해
엄청나게 지원한 그 아메리카,
전쟁 뒤에도 복구에 심혈(心血)을 쏟았으며 돕고 껴안아
좋은 성과 이룬 시혜(施惠)의 나라,
뿐만 아니라 70여 년 간 지키고 보호해 경제성장 이뤘으며
제일 큰 수출 대상국이라니까.

이 '역전의 드라마'는 중공군이 밀려올 제 한반도를
포기하자는 대통령 트루먼의 확고한 주장을 강력히 반대한
맥아더 장군과 국무장관 애치슨의 작품으로,
그들의 혜안과 투지를 우리는 높이 평가하노라.

한반도의 적화를 막은 건 오로지 애치슨의 지혜라오.

고졸의 트루먼은 육사 수재 맥아더의 중국 폭격 건의를 묵살하니…… 맥아더는 절치부심(切齒腐心)한다.
"내가 군복 입은 이래 내 계획을 못 이룬 일은 하나도 없었다. 다만 한반도 통일을 못 이룬 게 철천의 한이로다. 노병은 죽지 않는다. 다만 스러져 갈 뿐이다."
한탄하였도다.

다만 그들이 보상 받거나 보은의 조건으로 도운 건 절대 아니라오.
대국(大局)적으로, 박애사상을 실천한 것뿐이라오.
낯선 이국땅에서 피 흘리며 죽어간 UN군의 명복을 빌며 부상 군인께 감사, 감사하옵고 만수무강을 간절히 빕니다.

우리도 월남전에 용약 참전하였고, 걸프전에 1,000억 원을 선뜻 희사했으며 사우디아라비아, 소말리아에 공병과 수송부대 파견하여 희생 봉사 서슴없이 하였노라.
겸양과 보은 모르는 철면피가 절대 아니네.

전후 밀, 옥수수 보내어 굶주림을 달래주고 평화봉사단이
교육 재건에도 온 힘을 쏟아 큰 보람이 되었고요,
온누리 최대 한미합동 군사훈련으로 북한을 제압하였도다.

우리도 새벽 3시부터 뉴욕 등 큰 도시에 싱싱한 생선,
야채, 과일 등을 공급하는가 하면, 많은 도시를 새롭게
가꿔 살맛 나게 시범도 하였고야.
미국의 차관은 이자까지 잘도 갚았다오.
작아도 당당하기만 한 온누리에 으뜸일세.

그들은 훈련과 전투를 익혀주고 무기를 팔아먹으니 곧
비싼 전투기, 현대식 무기 등을 미국서만 구입하였다니까.
공수동맹 그것이 혈맹(血盟) 아니고 무엇이던고……

군정 이후 70여 년 우리의 내정간섭과 독재자 부추기기,
우리를 마음대로 쥐락, 펴락……
미국의 위세를 세우는 등대 역할까지 하였다 이거.

약자가 강자 이기는 꾀도 있다고……?

강자의 약점을 잡아 집중공략 할지니.
프랑스의 레지스탕스, 월남의 베트콩이 게릴라로 강자를
괴롭히니 자진해서 포기하고 철수하더라 -
배달인들이여! 의젓들 하자스라.

지피지기(知彼知己)면 백전백승이라.
식품, 의약품 그것들의 하자를 발견해 집중 공략 할 것이며,
외제차의 비싼 부품에 에누리를 구하곤 하면, 느린 A/S에
대해 값싼 부품과 빠른 서비스로 슬기롭게 대처하며,
외설(猥褻), 폭력 등 영화에 '미성년자 관람불가'라던가
깔끔하며 유교 윤리와 도덕을 방패로 내세우는
영악성(獰惡性)을 당당하게 부릴 것이요,
경로효친, 융사친우의 동양 도덕을 폭넓게 보여
저절로 고개 숙이게 하자스라.

또한 미국 식품, 의약품 등을 규정보다 엄격한 규제로 다뤄
그를 질리게 할 것이며, 엄격한 외국영화 심의로
우리의 가치관에 배치(背馳)되면 삭제하라고
까탈을 부려야 한다 이거.

작아도 깔끔하고 당당하며 의젓한 배달족의 고상한 기질로
슬기롭게 버텨가자는 것이라니까.

핵 보유 강대국들은 '우리들 이외에
아무도 핵무기를 보유 못 한다.' 이거라니까 글쎄.
핵확산금지조약은 프로레슬러가 초등학생 앞에서 정당하게
맞싸워보자는 말도 안 되는 억지 아닌가.
시석 없는 소리……

지금 우리는 아슬아슬한 벼랑 위에 서 있다.
적군은 우릴 완전히 포위했다.
즉 풍전등화의 일막극이라니까.
그래서 '난세에 살고 있다'가 맞는 말이야요.
두 눈에 쌍불을 켜고 두루 살피자.

국제화가 잘못되면 식민지화라, 파수꾼의 심정으로
미국의 세계지배 망상을 두 눈 부릅뜨고
정말 잘들 지켜보자오.
또다시 먹히면 후손의 지탄을 면하기 어려울 터이니.

영웅은 난세출이라 던데 언제쯤 의젓하게 나오려는지……

미국 청년들의 말-
“We are superior! We are super!”
“우린 남들보다 월등하다. 우린 최강이다.”
미국인은 대의(大義)라면 멸친(滅親)이라,
목적이 정당하면 불법과 비윤리도 묵인한다, 이거라.

잘 사는 미국의 2,000여 농가 위해 못 사는 우리 600만
농가의 목을 죄고 있지 않는가. FDA 정신들 차릴진저.
호락호락한 민족이 아님을 당당히 보여주자!
살아남기 위해 투쟁밖엔 뾰족 수 없다.

써치라이트는 통일 중국, 통일 한국, E.U, U.S.A,
싱가포르 등을 조명할 거라고. 일본은 예외라…… 글쎄.
우린 매끄럽고 품위 있는 모범스러운 작은 나라임을
영원히 보여주자오.

미국은 탈세자를 금고털이범으로 간주해 엄벌에 처하는데,

우린 일제의 순사 출신으로 탄압의 앞잡이라 조선 형사는
쥐꼬리만 한 지위로 황소만 한 권력을 휘둘렀다 이거.
해방 후 그대로 군, 경에 복귀된 것이 큰 오점(汚點)이었더라.
왜 그랬을까? 아!

사대주의의 비겁 그것, 몸은 비록 작지만 녹록자초는
말지어다. 좀 의젓하지 못할까?
군사정권부터 권력 잡은 CIA 끄나풀들이 지금도
엉큼하게 정치, 행정, 언론, 군부 등의
상층부에 자리 잡고 있어……
한시도 경계의 눈초리를 게을리 말아야 미국의 숨겨진
수렴청정(垂簾聽政)의 꿈을 부숴뜨릴 것이라오.

250년 역사의 미국은 유산을 그리도 소중히 여기지만
문맹율(文盲率)은 그리도 높아…… 정말 이해가 아니 되네요.
영국의 기아(棄兒)들, 즉 종교 이념의 차이로 신대륙으로
옮겨간 아메리칸은 정신적 고향 영국으로 1년에 한 번씩 꼭
귀성한대요. 큰 집이요 고향이라니까.
혹시 시위할 땐 성조기 소각은 절대 안 돼요.

정장할 것이요. 울지 말고 평화적 침묵시위 할 것이며
플래카드는 한글로……
끈기로 질리도록 오래 해야 소원성취 된다오.
은근과 끈기로 살아온 우리야.
날 죽여라! 물고 늘어지면
저 '늑대' 같은 그들도 무릎을 꿇을 거라.

어린이 천국은 미국이라.
친부모가 싫어 친자 무효소송에 승소도 하는지라
천륜(天倫)도 사정없이 끊는 나라라 이거.
개인주의, 자본주의 극치의 나라-
우리 눈엔 버르장머리 없는 사람들이라.

한국의 겉은 놔두고 속을 송두리째 긁어갈 '흡혈귀'를
철저히 경계할 것이야.
앙큼한 미국 뿌리가 영국 아닌가!
살벌한 인종차별, 침체된 경기, 타락한 풍조로 서둘러 귀국도
한단 말인가? 자존심 강한 자는 살 곳이 못 돼……
그래도 인내와 끈기로 살아온 재미동포 중 불법체류자의

소원은 영주권 취득인데, 그 어렵고 더럽고 위험한 즉,
3D 직종에서 아껴 쓰고 쪼개 써서 고국으로 송금하네.
얼마나 의리 있고 가슴 따스한 자랑스런 민족인가!

미국은 여자의 천국, 남자의 무덤.
미국 남자의 가장(家長) 권위야 상상 외로 크게 추락.
아이를 때렸다간 아동학대죄, 아내 허락 없는 부부관계는
강간범으로 불명예의 덫이야.
깊은 정과 대의명분에 그리도 약한 이기(利己)주의자여!
따뜻한 인간미라곤 눈 씻고 봐도 없네그려.

미국의 멋진 전후세대들-
그거야 변호사, 의사, 약사, 회계사, 증권 브로커,
투자전문가, 저널리스트, 대기업 임원.
모든 걸 최고급으로, 철저한 건강관리, 세계 최고의 생활인.
이거야 천국이 그곳인가.

차에 애착 많은 젊은이들, 차 사느라 주택, 결혼도
미룬다니까. 가정 위주의 그들 무면허 운전하다 적발되면

엄청 많은 그 벌금. 그래도 코미디를 그리 좋아한다네.

가장 많이 팔리는 책은 성경이라-
인의예지, 경노, 겸양, 애친경장, 남녀7세부동석 등을
중시하는 동양인의 눈에는 '못된 놈들'로 보이지만 개인주의
지상(至上)의 나라, 내 일에 충실할 뿐 남의 일에 불참견.
피해 안 주는 나라이더라.

하루가 T.V로 시작해 T.V로 끝나는 생활.
나가는 딸에게 피임약(Contraceptive) 넣었느냐?
아들에겐 콘돔(Condom) 준비했지? 이거야……
미국 T.V는 광고 위해 존재라. T.V는 사람을 망치고,
사람은 사회를 망침이 틀림없어라.
그 자유라도 최소한의 벼리[綱]마저 없으면 파멸이라네.

사교 파티의 절정은 집단 코카인의 흡입으로 끝난다.
서서히 폐인 되어 망국으로 가는가. 여고생 미혼모의
탁아소가 학교에 있으며 도심에 싸구려 창녀(娼女)라니……
그뿐이랴, 근친상간은 다반사라-

개만도 못한 폐륜의 무리로다.
획일주의가 아니라 개성주의를 모토로 하는
아주 복잡하기만 한 거칠고 시끄러운 그 사람들.
흥청망청 요지경 속일세.

미국인, 그들은 16세기에 영국의 교회에 반대하며 일어난
청교도(淸敎徒)들이 힘든 개척정신으로
신세계를 일궜고야.
왕성한 투지의 그들이 자랑스럽네.
1620년 11월에 102명의 남녀는 영국의 국교가 너무
타락하고 오염됨에 반대해 신천지로 건너가.
건강 유지자는 겨우 6~7명 그뿐,
이들이 미국 백인의 조상이라니……

쇠퇴일로의 미국 교육은 망국으로 치닫는다.
하버드대 등 명문들도 한국계, 중국계의 두뇌로 겨우
명맥을 유지한다니 놀랍기도 하여라……
역시 교육하면 우리가 엄지라.
여망이 있는 나라. 기대하시라!

기독교 윤리에 반하는 그 악인들……
이혼, 낙태, 매춘, 동성애, 간통, 근친상간, 마약 등등.
악의 집결지라 불원 망국은 받아 놓은 밥상.
뿐인가? 그들의 밤거리는 강도, 소매치기, 정신병자, 마약쟁이, 10대의 흉한들, 싸구려 갈보……
로맨틱한 야경은 생각도 못해.
미국인은 결혼하자마자 집 마련이 쉽다 이거라.
땅값 싸고, 융자 쉽고 상환기간 길다니 얼마나 좋아.
그들의 재정 적자는 차(次)세대에 짐 지워지고……
제철은 포항제철에 눌려 숨이 깔딱깔딱,
제조업은 아예 없다잖아.
여자 정신병 환자와는 같이 자며 치료한다?
호강하고 돈 버는 정신과 의사, 에이 못된 사람들.

그들에겐 한국이 황금알로 보이는가 봐.
미국은 15,000개, 일본은 8,000개의
무역대리점이 있다고? 놀랍구나.
우리가 정신만 바로 세우면 작아도 잘사는 나라로
촉망의 상대 틀림 없으리.

프랑스인은 먹기 위해 살고, 미국인은 놀기 위해 산다나.
우리는 거 이스라엘처럼 우리만의 목소리를 내야만 하며
통일로 향하는 끈끈한 염원으로 하나로 뭉쳐 걸머쥔
소중한 캐스팅보트를 십분(十分) 지혜롭게 활용하자.
한반도를 'Miss World'로 멋지고 날씬하게 가꿔 나가자.
그러나 뜨거운 감자로 의연만 한 위풍 있는 나라.

지피지기면 백전백승이라.
이만큼 우리는 미국을, 중국을 알았노라.
우리만의 의젓하고 당당한 선망의 나라로,
내것도 꼼꼼이 챙겨 봉사도 하세.

중국이야 거만하고 포악한
한(漢), 수(隨), 당(唐), 원(元), 명(明), 청(淸) 등-
얼마나 우릴 괴롭히고 멸시, 천대하였던고.
인제는 아니 당하리.
자주통일 국가로 당당하게 가자요.

북(北) 대표의 넋두리

어리고도 어리석은 내가 딴에는 조훈(祖訓), 부훈(父訓)에
잘도 따라 충성은 그런대로 했다 해도 되는지
아무도 아니 보는 변소 그 안에서 혼자 씽긋이 웃어넘긴다
이 말이야요, 글쎄.

나와 '공화국'의 운명이 갈린 '불장난'에 승부수를 던져
별로 잃은 건 없는 것만 같은데 글쎄.
또한 이 엉터리 전쟁 '장난'을
소도 웃을 것만 같기도 하고……
항상 바늘방석에 앉은 것 같은 이 처지라오 글쎄.

고숙 장성택을 비롯한 아버님의 친근이랍시고 한 수
가르치려는 골통들의 제거로 손에 피는 묻혔지만,
감히 내 자리를 넘볼 멍청이는 없는가?
확고하고 유일한 지도체제로 자리를 굳힌 것만 같은데……
글쎄.
조마조마는 마찬가지라오 글쎄.

시장기능의 확대와 '스스로 기업'으로 국제 제재 밑에서도 간신히 고난의 행군만은 거의 면하고 있는 듯하외다만 글쎄.
그래서 핵 개발과 경제발전의 병진(竝進)정책도 나름대로
미지근하나마 성과는 거두고 있는 성싶소이다만 글쎄.
어떻게 돼가는지 알다가도 모르겠소이다 글쎄.

여러 번의 핵실험, 그 많은 미사일 발사 강행했지만
국제사회의 요란한 엄포에도 '귀 먹은 중 마 캐듯'
'이웃 개 짖는 소리'로 듣는 둥 마는 둥
핵(核)과 함께 경제 병진……
'후퇴는 못 시킬 것'이란 내 판단을 용케도 적중시킨 것
같은데요 글쎄. 항상 사시나무 떨듯 긴장 안 할 순 없지만
글쎄. 그래도 자신이 있는 것 아니야요.

이제 막 숨 좀 돌리려나 하였더니 큰 골칫거리 트럼프가
나타나 예측불허라. 대책이 서지질 않아요 글쎄.
왠지 '정유년'…… 금년 운세가 몹시 불길한 예감이 드네요.
고집만 부리다가 끝장날 것 같고……
잠을 잘 수가 없다니깐요, 글쎄. 아이고……

트럼프가 어떻게 나오든 핵미사일 개발은 중단이나 양보는
할 수 없는 일. 핵탄두를 미국 본토까지 운반할 대륙간
탄도미사일(ICBM) 개발에 성공해야만 미국의 대(對) 조선
적대정책에 맞설 수 있다 이거야요.
'작아도 강한 민족이다'를 보이려는데 글쎄.

리비아, 시리아처럼 민란이 일어나도 미국이 감히 군사개입
엄두도 못 낼 것 같기도 한데 글쎄. 그러나 예측을 할 순
없지요. 중국의 눈치만 보고 있진 않을 거예요.
그나저나 민란이 봉기하면 남으로 모두 넘어갈 테니 사람
없는 나라가 어디 있겠어요. 끝장이지요. 글쎄.

협상에 끌려나가 꿀릴 게 없다 이 말이라요.
외세 개입만 막을 수 있다면 수백만 명을 학살해서라도
권좌를 지킬 자신이 있다 이 말이라요 글쎄.

버틸 때까지 버틸 거라요.
핵탄두는 한두 번 실험으로 미사일 탑재할 소형화, 경량화가
문제 없지만 장거리 개발은 갈 길이 멀기만 하외이다.

어떻게 살아갈 것인지 눈앞이 깜깜하다니깐요 글쎄.

용량이 큰 신형 엔진을 개발해 재진입 기술까진 수십 번
시험발사가 필요하다 이거라요.
핵실험은 굳이 서두를 필요가 없지만 미사일 시험발사는
지체하거나 머뭇거릴 여유가 없습니다.
이 모두 큰 자금이 있어야만 되는 건데 돈 길이 꽉 막혀
옴도 뛰도 못할 판국이라요 글쎄.
압록강, 대동강 물이나 팔아
쓸 수 있다면야 얼마나 좋아……
봉이 김선달의 두뇌가 지금 있다면 얼마나 좋을까 글쎄.

우리에게 핵 포기 강요용으로 중국의 급소를 찌르겠다는
트럼프의 비장한 모습에 시커먼 저승사자의 그림자가
어른거린다. 우리와 거래하는 중국 기업을 제제해도 중국이
끄덕 않으면 대만 카드까지 들이댈 기세만 같소이다.
어떻게 되려는지 불길한 예감만 드네요 글쎄.
이러지도 저러지도 못할 따분함이여 글쎄.

국제관계는 영원한 친구도, 영원한 원수도 없다고 하는데
글쎄. 중국이 아무리 우리를 지켜주고 싶어도 미국이
대만에 첨단무기 판매하고 '하나의 중국' 원칙을 훼손하는
것까지 방관할 수 있을까? 글쎄.

때문에 '걱정이 태산이라오'
미국에 거칠게 저항하면서도 내 등 뒤로 칼을 들이대면
어떻게 해야 할꼬? 믿을 거라곤 중국뿐인데 글쎄……?

내가 지레 겁먹고 트럼프에 먼저 손 내밀면 미국 내
매파들이 기고만장하여 내친김에 완전히 항복을 받아내려
날뛸 수도 있다 이거야요 글쎄.

괜히 약하게 보였다가 더 강도 높은 압박만 자초해
여지없이 짓밟히는 것보다 탄도미사일 발사든, 실험이든
강력히 대미항전으로 '작아도 매운 고추의 결연한 의지'를
야무지게 보이는 게 낫겠다 이거야요 글쎄.

미(美), 중(中)이 우릴 고립 압살할 기세로 나오면 그때 가서

핵실험과 미사일 시험발사 중단을 선언하고 평화공세로
나가면 되지 않을까 혼자 넋두리도 해본다니까요 글쎄.

하늘이 무너져도 솟아날 구멍이 있다더니 남조선 대선에서
한 가닥 희망을 보았다 이겁니다.
친북 진보세력이 집권했기에 향후 5년은 무난히 버틸 수
있을 것도 같은데 글쎄, 넋두리만 같기도 하고 글쎄.

새 정부가 국제공조 체제에서 이탈해 '공화국 명줄' 역할만
맡아준다면 미, 중이 아무리 못살게 굴어도 핵을 지킬 수
있을 테고……
꿈꾸는 것 같아 어떻게 되어 가려는지 가슴팍 미어지네……
아, 이것이 다 우리 민족끼리 굳게 뭉쳐 잘 살아보자는
원대한 꿈이겠지요. 이건 하나의 막연한
꿈만이 아니었으면 얼마나 좋을까? 글쎄.

재래식 국지도발은 실속 없이 다 된 죽에 코 빠지는 악재가
될 것도 같고…… 남조선 일각에서 진보세력의 재집권을
막기 위해 계략으로 우리의 군사도발을 유도할 경우

이에 말려들면 큰일 난다.
침이 바싹 말라요. 진짜 조심해야겠소이다 글쎄.

내게 충성심을 인정 받으려고 부심(腐心)하는 지방
지휘관들을 어떻게 통제해야 할지가 걱정 중의 큰
걱정이다 이거야요.
정말 살얼음을 걷는 것만 같다 이 말씀이라요 글쎄.

이렇게 오들오들 떨지만 말고 주위 4강을 멀리 물리치고
비동맹으로 남북이 은근살짝 손 마주잡고 한 깃발 아래서
죽을 먹어도 오순도순 살 수 있는 날이
멀지않을 것만 같기도 한데 글쎄.

곰곰이 생각하면 해방 당시 남, 북쪽의 지도자들이
정권욕 다 버리고 하나로 뭉쳤다면 이 고생, 이 넋두리는
아니 해도 됐을 텐데. 아이고 아쉬워라 글쎄.

천혜(天惠)의 이 금수강산에서 임산자원, 전기, 물
넉넉하고 풍요하던 지하자원, 관광자원 그리고 노동력과

두뇌자원 등등 다 망가져 버려.
헐벗고 굶어 죽고 못 먹어서 작은 키.
언론, 양심, 신앙의 자유마저 짓밟힌 지옥 같은 나라로
만들어 버린 이 죄값을 뭘로 받아야 하며 받게 될지
생이불여사(生而不如死)올시다 글쎄.

자신 있고 당당한 건 하나도 없어 글쎄요로 시작하여
글쎄요로 끝나는 '글쎄'요 시인지 풍자시인지가 됐습니다
글쎄.

한반도를 직시한다

최근 북한은 다시 시끄럽다.
그들이 보내는 신호는 모순처럼 보인다.
9월에 순항미사일, 열차발사 탄도미사일 등 극초음속미사일 발사, 통신선 복구, 남 대표의 종전선언에 머리를 끄덕끄덕, 정상회담 암시까지 시원시원하였구나.

그들의 신호들은 모순이 없다. 장기적 목표를 한순간도 잊지 않고 체계적 외교작전 전개라 이거.
그들의 현재 목표인 제재 완화와 국제사회의 양보 얻기 위해 남한의 중재역할로 여건을 무르익히기라.
거기에 미국, 한국의 여론 관리로다.

미사일 발사로 미국 관리하면서 백악관을 담 크게 압박한다. 바이든 행정부는 북한이 조만간 제재에 굴복할 것을 예상해 회담엔 별 무관심이라. 그래서 위험한 무기 개발도 보이며 미국의 기 꺾기에 그냥 열중한다. 그들은 미국이 지금 양보하지 않으면 더 큰 걸 양보해야 될 거란 메시지를 보내는 거다.
동시에 북한은 매우 신중하다. 2018년 초 핵실험(ICBM)

발사 중단을 선언하고도 순항미사일, 열차발사판 탄도미사일은 약속 위반 아니라 한다.
8월부터 한, 미, 일 당국자의 북한 관련 활동들이 북의 성공에 일말의 희망이 있다 이거라. 이들의 잦은 회담은 북, 미 다자회담의 준비로 볼 수 있다 이거로다.

그들의 대남전략은 팽팽하게 남을 건들면서 미국에 너무 쩔쩔 매지 않고 대규모 지원을 유도하는 것이로다.
9월부터 종전선언에 추파를 던지며 대선에서 진보세력의 승리를 은근히 바라는 것이로다.
대선 직전에 멋진 모습을 보이면 진보세력의 승리는 명약관화일 것이며, 남북 정상회담이라도 남의 대선에 상상 외의 많은 영향을 줄 것이로다.

북의 대미나 다자 회담도 현 정부에 큰 플러스가 되는 건 물론이로다.
금년 말이나 내년 초에 우리는 4년 만에 다시 외교의 관객이 될 것이다. 그러나 그 쇼가 비핵화와 한반도 평화에 큰 기여를 할 거라는 기대는 접고 유연히 관전하자스라.

다 바쳐야 참 수반 된다

초등학교 2학년 땐 둔재로 눌언(訥言)이었던 영국 수상.
그는 대 웅변가요, 제2차 세계대전에 대한 회고록을 써 노벨평화상도 탄 윈스턴 처칠로 20세기 세계사에 큰 발자취를 남긴 대 정치가다.

그는 국민께 드릴 건 피, 땀 그리고 눈물뿐이라 했다.
그가 노르망디 작전에 참전을 고집할 때 국왕 조지6세는 참전을 만류하며
"내가 싸움터에 나가겠다. 왕은 전사해도 대타자가 있지만, 그대가 전사하면 대역자가 없다."에 물러섰어라.
승리는 이러한 지도자들의 자기희생의 결과러라.

전쟁 전에 이를 막고 평화를 향유하는 게 더욱 중요하나,
평화는 힘이 있는 경우만 누릴 수 있는 특권이다.
핵 위협 하의 우리 지도자는 국방력 강화에 더 많은 땀을 흘릴 각오를 해야 한다. 한반도는 지정학적으로 열강의 이해가 맞닿아 있기에 갈등으로 불꽃이 튀면 큰 피해는 우리 것이다.
우리 마당에서 싸우지 말도록 주인의 힘을 키워야 한다.

그를 위해 보다 막중한 건 다변 외교의 강화 아닌가!
현대전은 총칼로만 하는 게 아니라 경제, 문화, 교육, 과학, 기술 등 모든 분야에서 진행된다.

처칠과 언쟁 중 에스더 여성 의원이
"내가 당신의 아내였다면 당신의 찻잔에 독약을 탔을 겁니다." 하니
"당신이 내 아내였다면 그렇게 사느니 주시는 차를 마셨을 거요." 하고 응대하였다니, 우리 지도자들도 이 정도의 여유와 관용이 있었으면…….

10억 회의 조회를 기록한 BTS의 '피, 땀, 눈물'을 지도자는 생각해야 할 것이며, 처칠의 노력과 관용과 유머도 지도자에겐 절실히 요구되는 필수조건들이다.

복종해야 이긴다

스파르타의 왕 아게실라오스는 스파르타의 최전성기와 몰락을 지켜본 왕이다. 왜소한 체격에 저는 다리로 스파르타의 영광을 위해 전장을 누볐다.

이복형께 왕좌도 포기하고 평민학교 아고게에 입학하여 복종심을 배웠기에, 소크라테스의 제자 크세노폰은 "최고 지도자 아게실라오스는 복종심으로 명왕이 됐다."고 하였다.

명 대통령이 되려면 복종심을 배워라.

아게실라오스

제7장

해학과 풍자로부터 얻는 삶의 지혜

세상에 그럴 수가

뜨거운 사랑으로 옹실옹실……
잠시라도 안아보면 심송삼송……
훈훈한 그 사랑 사정없이 단념하고
신랑은 나라 위해 용약 출정이라.

대아(大我) 위해 바친 충성 큰 인정받아
포상휴가 얻어 발걸음 거뜬거뜬
둥둥 뜬 부풂으로 단걸음에 도착하여
“여보! 나 왔어요.”
들어서는 순간, 엄청 큰 개란 놈
‘왕왕, 캉 캉캉’ 시뻘건 저 눈
신랑의 목덜미를, 그리고 가슴, 머리통……
닥치는 대로 물어뜯고 밟아 죽여 버렸다!

아이고 이런 끔찍하고 소름 끼치는 일이
인간 세상에 발생했다니……
긴급 출동한 경찰은 집안 샅샅이 검색 검색하다
개에게 신긴 버선을 발견하고
“여보! 엉엉. 아이고 여보, 여보.”

땅을 치며 통곡하는 신부에게
“울음 멈추고 웃옷을 벗어 보세요.”
“왜요? 뭐 이래!”
억지로 벗겨 보니 아이고 놀라워라
부인의 어깨에 개발톱 자국이라.
이거 말이나 됩니까?

국가와 민족 위해 몸 바쳐 고생하는 남편을
조금이라도 생각했다면 도저히 있을 수 없는 일이죠.
오! 약한 절개여!
그걸 못 참고 사고친 요망스런 그 여인네 언짢구나,
안 됐다 생각은 아무도 않겠어라.
꿈에라도 이런 일이 있으면 절대 아니 될 일이로다……

슬기와 대담(大膽)

오성 이항복과 한음 이덕형은 조선 중기의 영걸들이로다.
그들은 어김 지금한 사이로 많은 일화를 남긴 분들이다.

20대 초반쯤 두 분이 삼각산 밑 후미진 곳의 작은 절에서 글공부에 열중한 시절, 배탈이 난 오성이 한밤중에도 변소 출입을 무던히 많이 하는데, 칙간에 가는 걸 주지스님이 잘 알 수 있는 위치인지라, 주지는 이 사람들의 담력 테스트를 하고 싶은 호기심이 들어 기다리다가, 또 칙간에 가자 살금살금 따라가 높은 변소 밑에서 앉아 기다리다, 볼 일을 보고 바지를 올리기 전 가만히 살짝 거시기를 거머쥐고 잡아당겼다.
깜짝 놀라 소리라도 지르고 호들갑을 떨며 기절하기는커녕
"어느 요망스러운 것이 남의 소중한 걸 가지고 장난인고? 당장에 놓지 못할까!"
스님은 살짝 놓으면서
"어허 대감이 되겠구나."
놀라기는 하였지만 기분은 참 좋았어라.

항복은 바로

"덕형아, 너도 칙간에 좀 갔다 와라."
"왜?"
"글쎄, 가기만 해. 참 기분 좋은 일이 생길 거야. 대변 보는 척 바지만 내리고 좀 앉았다 와 봐."
센스가 좀 둔한 덕형은 항복이 시키는 대로 칙간에 가서 용변을 보는 척하고 바지를 올리려 하니, 거시기를 잡고 안 놓는지라.
"어허, 어느 요망스러운 것이 남의 소중한 걸 잡고 못된 짓을 하는고? 당장 놓지 못하겠느냐!"
슬그머니 놓으며
"어허 대감은 되겠구나."
두 청년 모두 얼마나 대담합니까? 시골의 컴컴한 변소에서 침착하게 받아넘겼으니, 그 기발하고 큰 담력이 풍전등화의 임진왜란을 슬기롭게 넘기게 하였어라.

그들이 20대 중반쯤 됐는지…… 다른 서당에 다니는데 길목 도랑에서 빨래하는 어여쁜 처녀를 가리키며
"덕형아."
"왜?"

"내가 저 처녀를 한번 발가벗겨 볼까?"
"네가 어떻게……?"
"내가 하면 넌 논둑 밑에서 보기만 해."
항복은 집에 있는 아버지 의복과 갓을 살짝 둘러 입고 나와 빨래하는 처녀 앞을 왔다 갔다 하며 유심히 기웃기웃 살피는지라…….
처녀는 이상한 마음이 들어
"왜 그리 사람을 유심히 살피는 거요? 별 꼴이야!"
"예, 예. 실은 다름이 아니라 저는 포도청에서 나왔습니다. 어젯밤에 처녀 죄수가 탈옥을 했는데 포졸들이 좌악 깔려 수색중입니다. 그래서 규수께서도 의심스러워 살펴보는 중입니다."
"뭣이 어쩌고 저쨌다고요? 내가 무슨 범인이라고요?"
"아니, 겁내지 말고 아니라는 증거만 보여주시면 됩니다. 그 죄수는 허벅지 안쪽에 검은 점이 있답니다. 점의 유무만 확인해 주세요."
"뭐요? 참 별 꼴이야!"
치마를 벌렁 올리고 속옷을 훌렁훌렁 내리며
"자, 봐요."

"가랑이를 좀 더 벌리세요. 예, 예. 뒤쪽도 보여 주세요."
가랑이를 벌리며
"이쪽, 저쪽 다 봐요. 글쎄!"
"예, 예. 거시기 옆에도 없고…… 죄수 아님이 확인됐습니다. 예, 예. 감사합니다."
'이것 좀 보였다고 시집 못 가는 건 아니겠지? 그래도 무사히 넘겨서 개운하고 시원하다.'

논둑 밑의 덕형이는 예쁜 처녀의 거시기까지 몽땅 다 봤으니 후끈 달아 빨건 얼굴로
"항복아, 네 덕에 난생 처음 처녀 몸을 봤다. 기분 좋다."

이만한 기지에 대단한 담력이 있었기에 1592년 임진왜란에도 나라를 지킨 충신으로서 굴지의 영웅이 아니었던가. 남자는 배짱도 있어야 한다는 선현들의 말씀.

훌렁훌렁 벗고서야

박문수 어사는 잠이 오지 않아 달밤의 고샅길을 거니는데 자시(子時)가 넘었는데도 훤히 불 밝힌 집이 있어라.
다가가 문틈으로 살짝 보니…… 제삿상 철상 않고 남자가 훌렁훌렁, 여자도 훌렁훌렁 나체로 포옹터니 점점 달라붙어 큰일 진행되네.
에라, 집 떠난 지 오랜 어사 전신 달궈 못 견뎌라.

돌아가 한잠 자고 새벽 같이 그 집 찾아 이 말, 저 말 파고들어 어젯밤 이야길 들어본다.
실은 돌아가신 아버님 제사인데 운명 전에
'너희들이 재미있게 사는 것을 못 보고 가는 것이 마음에 크게 맺힌다'
하셨기에 제사 지내고 철상 전에 재미있게 한바탕 노는 걸 보여드렸단다.
'그럴싸하군……'

그것도 효도는 효도인지 분간 못 하겠네요. 휴~

서울 시내 풍경

분단 후 모처럼 서울에 온 북의 대표가 시내를 내려다보며,

윤기복 : 우리에게 보이려고 부산, 대구 등 도시의
자동차를 모아 놓은 게죠?
외무 이범석 : 예, 지난밤에 바퀴 있는 차들은 집결시키기
어렵지 않은 작업이었는데, 저 높은 빌딩들을
옮기느라 꽤 힘들었습니다.
윤기복 : 아무튼 고맙습니다. 우리 간 뒤에 원상복귀
하시려면 또 고생하시겠네요.
이범석 : 그건 힘 안 들이고 자연복귀 될 터이니 염려
놓으시고 잠이나 푹 주무세요.

이렇게 임기응변, 궤변, 풍자, 유머가 있어야 분위기가 딱딱치 않는 거요. 우리는 이게 모자라 일생이 더 고달프지요. 일회용 인생, 마음껏 즐기며 질펀하게 살고 지고~.

그걸 못 찾아?

나이 차도록 장가 한 번 못 간 노총각이 설 쇠면 39세라,
40살 되기 전에 200냥 빚을 얻어 장가를 갔다 이거.
신혼 첫날밤에 늦게까지 놀다가 모두 가고 등잔불도 다 끈
뒤 캄캄만 한데…… 훌렁훌렁 벗어 제치고 신부 몸까지는
찾았는데 어디가 어딘지 찾을 수가 있어야지…….
뭣이 있긴 있는데 꽉 막혔으니 어이할거나.

'그것도 없는 신부하곤 살 수 없어…… 아이고 내 팔자야.
내 돈 200냥 날려 버렸네.'

별 수 없이 포기하고 가려 하니 신부 왈(曰),
"내 것이 없는 게 아니라 못 찾는 당신의 정신이 없소이다.
배꼽 밑으로 한 뼘쯤 내려가시오."
"어두워서 보여야지…… 요렇게 한 뼘이라. 옳아, 됐다 됐어.
옛다. 봉사 문고리 잡기구나. 이제 살맛난다. 아이 좋아라."

옆방서 귀 기울여 듣던 신부 부모도
'아이고 안심이여! 휴우, 땀이 뻘뻘 나네.'

그렇게 푸렁푸렁 어이 살려고

푹푹 삶아대는 삼복더위에 한 친구가 양양 꼼꼼쟁이 집에 놀러 갔는데……
접는 부채의 한 칸 좁은 데만 펴서 부치고 있네.
“왜 1cm 됨직한 칸만 펴서 부치고 있어?”
“아니, 이 사람아. 올해는 이 칸으로 부치고 내년엔 그 옆쪽 칸을 펴 부치고, 내후년엔 세 번째 칸을……”
“아하, 그래. 그리 푸렁푸렁 살림하다 나중엔 어떻게 살려고……?”
“그럼, 자넨 어떻게 부치나?”
진짜 꼼꼼쟁이 왈(曰),
“난 줄부채를 다 펴서 천장에 달아놓고 머리통만 좌우로 흔들지. 그럼 내 일생토록 부칠 게 아닌감.”

아하, 그렇고 그렇군요.
그 두 사람들 대절약가라 부자나 될까?

물 좀 보내주세요

서울 총각, 골라골라 결혼한 강원도 처녀와 모처럼 비행기 타고 제주도로 신혼여행이라.
호텔에 들러 신부부터 목욕하라 시켰더니 두 시간쯤 지났는데도 나오질 않아 이상하다 생각하고 문틈으로 살짝 보니, 백옥 같은 알몸 처녀 샤워기를 귀에 대고
"물 좀 보내주세요! 물 좀 보내주세요! 물이 안 나와요. 전화기가 고장인가 봐요."
신랑이 뛰어들어 스위치를 틀어주니 물이 쏴아 나오누나.
"당신 머리가 훨씬 좋네요. 아이고 좋아라."

단칸방의 40대

20대에 독자 하나 둔 40대 농부 부부도 부슬부슬 비 내리는 오늘은 모처럼 부인과 로맨틱하고 훈훈한 정을 나누는 시간을 갖고픈데……. 단칸방이라 어이하리.

"만수야."

"예."

"오늘 같은 날엔 너도 억수네 집이나 가서 놀기도 해라."

"아마, 거기도 오늘 같은 날엔 뭣들을 할 텐데요."

아! 이 젊은 부부의 딱한 사정이여!

무법천지(無法天地)

할머니는 손자가 넘어질까 조심조심.
아차, 깜짝 사이에 넘어져 조금 긁혔어라.
"응애~ 아~"
자지러지게 운다.
크게 놀란 애엄마가 번개처럼 달려와 시어머니께
"애 하나도 못 봐요?"
철썩 뺨을 내리친다. 어른의 뺨을.
애는 덩달아 "응아~ 아" 울어댄다.
애아빠도 달려와 애를 달래며 "맞을 일을 하셨네요."
교양이라곤 한 푼 어치도 없는 후진국 사람이라.

잉태했다는 며느리 칭찬하러 쏜살같이 달려와 좋아서
"아기야, 너의 잉태를 진심으로 축하한다. 각별히 몸조심할 것이며 무겁게 놀려라. 아가! 뭐든지 사주마. 요구해라. 차보다 더한 것도 사주마. 요청만 해라."
"어머니, 아무 것도 싫어요. 싫다니깐요. 제발, 제발 여기 오시지만 말아 주세요. 간절히 바랍니다."
교양이라곤 한 푼 어치도 없는 그 나라의 장래도 싹이 노랗구나. 끝이 안 보이네.

에라, 가자

내 며느리만한 효부도 흔하지 않으리라.
"아버님. 내복 갈아입으세요."
"오냐."
매일 새 속옷으로 바꿔주니 이런 효부 두어 즐거운 나날을
살아가는, 이게 행복이오.
그런데 어느 날 우연히 눈에 띄는 게 있어…….
벗은 내의를 부집게로 집어 찡글상으로 쓰레기통에 버리는
걸 본 이(李)교장선생님은
'이런 천덕꾸러기가 살아서 뭣 할 긴고?'
에라, 가자. 화장실서 목매 가셨다오.

오! 땅에 떨어진 도의여! 어이할거나.
불효가 제일 큰 악업인 걸 모르는 이들이여!
제발 서둘러 제 길로 돌아오세요.
뿌리를 불고하고 어이 좋은 열매를 바라리오.
사람! 사람! 사람!
사람이면 모두 사람이냐!
사람이 사람을 사람이라 해야 사람이지.

민완형사

일제 강점기에도 잘 벌어야 산다며 일본에 건너가 7~8년간 그 힘든 건설업에 투신한 후 해방과 동시에 돈 보따리를 매고 부산항에 도착했어라.
여관에 투숙하기 전, 돈 보따리는 쥐도 새도 모르게 변소 위 천장에 잘 얹어 놓고, 고향 경북 안동에 초저녁쯤 집에 도착하여 그렇게도 그립던 아내와 정이 넘치는 대화라.
"돈을 많이 벌어 부산 ○○여관 변소 위 천장에 아무도 모르게 얹어 놓고 왔다오. 내일 아침을 먹고 재빨리 내려가 가지고 올게요."

아침 일찍 출발해 그 여관 변소에 도착한 신랑은 기절할 뻔했어라. 돈 보따리가 없어졌어……. 경찰에 신고하였다.
민완형사가 백방으로 궁리 끝에…… 남정에게 "오랜만에 귀국했으니 마을 분들에게 점심 한 상 대접하세요."
그날 잔치 중, 형사는 유심히 두루 살피다 부인이 기르던 개가 어느 남자 옆에만 쪼그리고 앉아 있는 걸 보고 그 사람을 끌고 가 부인과 밤마다 같이 잤음을 확인하였어라.

신랑이 도착한 그 밤에도 어김없이 동침하러 찾았는데, 남자 신발이 있어 방안의 대화를 유심히 엿들은 그 간부가 그 길로 먼저 그 변소에 도착해 슬쩍 훔쳤다 이 말이야요. 밤마다 오는 간부와 그 집 개가 아주 친숙해졌음을 통찰한 민완형사가 찾아냈으니, 일은 잘 풀리고 젊은 부인은 깨끗이 헤어져야죠. 에이, 괘씸한 여인이여!

짝이 맞아야

순진한 박(朴)청년이 큰 꿈을 품고 서당 공부에 열정을 쏟느라 매일 오가는데, 워낙 출중하여 아가씨들의 시선을 모았는지라. 언덕 위의 기(奇)낭자는 용기를 내어 '월락수중(月落水中)이나 무(無) 뚝벙'이라는 글귀를 박청년에게 건네며 이 글의 짝수를 지어가지고 내일 밤에 놀러오라고 상냥하게 권하였는데…….

짝이 될 글귀가 생각이 아니 나는지라, 집에도 아니 가고 선생님 계시는 서당 방에서 자며 연구를 해도 생각이 아니나 전전불매한다.

선생님이 "왜 그리 잠을 못 자고 몸부림 하느냐?"에 숨김없이 말을 하니, "그럼 '화락석상(花落石上)이나 무(無) 똑똑' 이로다 하면 어떨고?" 하신다.

잠결에 듣고 있던 박청년의 친구가 잽싸게 선수를 쳐 다음 날 저녁에 살짝 처녀 방에 들러 그 글귀를 보이며 손목을 잡는 순간, 기(奇)낭자가 보니 딴 남자인지라 모든 걸 거절하며 소리 지르니, 급소를 때려 처녀가 죽었다.

때마침 박청년이 문 앞에 도착하니 사건은 이상하게 전개되었는데……

기낭자의 부모는 대경실색하여 박청년을 붙잡아 포도청으로 압송하였으니……. 백방으로 조사해도 정확한 범인을 잡을 수 없어 진범이 된 박청년을 사형에 처하기로 한다.
집행날이 오늘인데 원님도 확연치 않아 걱정하면서 아침밥상을 받자마자 가벼운 바람에 나뭇잎 한 장이 사뿐 밥그릇에 앉는지라, 숟가락을 놓고 부인을 불러 상황을 말하니 부인 왈, “혹시 학생 중에 공중엽이란 사람이 있는지요?”
증인인 훈장 왈, “있습니다.”

그날 밤 거기서 자던 공(孔)학생이 사제 간 대화 중 짝글을 알아듣고 다음날 저녁 앙큼하고 얇은 생각으로 처녀 방에 먼저 달려갔으나, 기낭자의 완강한 거절로 살인을 저질렀으니 그 괴한이 공중엽(孔中葉)이란 자였도다.
아차 하는 순간의 사건으로 애매하게 죽을 뻔했더라.
두 글귀에 ‘무(無) 뚬벙’, ‘무(無) 똑똑’ 거듭 들었기에 큰 사고가 났다는군요. ‘무(無)’ 자 뒤엔 ‘유(有)’로 짝을 맞추고, 모든 게 음양의 이치에 잘 맞아야 된다는데…….
공총각은 사형이라 얄궂게 처녀 총각 쌍 초상이 발생했네요. 허허, 참!

글자들의 자존심

3,776살의 유공자 한문에게 579살의 가벼운 너희들이 어이 감히 맞서려 촐랑대느냐.
고조선, 삼한, 삼국, 고려를 거쳐 겨레와 함께 한 튼실한 언어, 훈음과 독음에 깊은 뜻 지녔거늘, 뜻도 어휘력도 아예 없는 소리만의 너희들이 언감생심 벗하려 졸라대는고…….
일반인은 알 수 없는 한자 단어를 한글로만 알리면 그 누가 이해할꼬?
무자비한 기자, 필자 자성들 하자스라. 알찬 글 한자에 한글로 덧칠이라, 파렴치의 극이로다. 대오각성 하자스라.
이해 못할 8할의 한자 단어 투성이, 독자는 줄어든다.
후퇴하는 배달문화여! 어이할거나.
이런저런 잡소리 덮어두고서 뒤섞어 자중하여 함께 빛내자.

북(北) "開城工團 資産凍結 電擊提案
2016年 一方 凍結했던 1兆 資産 (했던)
우리 政府에 解除意思 있다고 通報 (우리, 에, 있다고)
企業들 이달 末 訪北 保存狀態 點檢 (들, 이달)
平壤宣言 批准 이어 南北經協 速度" (이어)
한글 전용자들 말 좀 해보소.

제8장

전해 내려오는 이야기들에서 배우는 올바른 삶

죽었다 살아?

대목수(大木手) 김영선은 조~금 앓더니 숨 끊겼어라.
허무하여라. 그분의 혼이 저승에 도착할 제 옥황상제는 묻는다.

"고개를 들어 내 뒤를 보라. 이만한 궁궐을 지으려는 데 대목(大木)인 네가 지을 수 있으렷다?"
"아니옵니다. 저는 저렇게 큰 집은 지을 수 없습니다."
"에이, 그럼 너 아는 대목(大木) 중 뉘 하나 없느냐?"
"예. 하나 있기는 하옵니다."
"누군고?"
"건너마을 이목수입니다."
"알았다. 너는 돌아가도록 하라."
"예"
돌아서서 강아지의 안내로 외나무다리를 아슬아슬
건너다가 아차 실족하여 퐁당 빠져 버렸네.

눈을 뜨니 온몸이 꽁꽁 묶여 갑갑하여라.
"왜 이리 어둡느냐?" 소리 지른다.
온 가족이 깜짝 놀라 빨리 풀어서……

신통히도 회생하였네.
그분이 바로 저승 갔다 온 김대목이다.
며칠 후 저승서 말한 이목수(木手)가 서거하더라.
참으로 희한하여라.

홍도의 슬기

개성 상인 왕씨는 고려인삼 장사로 재미가 솔솔…….
나는 까마귀도 잡을 듯, 어깨 재다가 간교한 중국 상인에게 사기를 당해 여지없이 망했으니 문전걸식밖엔 별 수 없는 지라 실오라기만큼만 걸려도 찾아 더러운 구걸이라.

생각 끝에 이종 형 평양감사 김씨를 찾아 인사하고 구석에 쪼그리고 앉았는데, 때마침 점심때라 왕서방 앞에 한 상 차려졌는데 된장국에 간장에 밥 한 그릇뿐이라.
감사 밥상은 산해진미로 상다리가 쓰러지는구나.
"형님! 사람 이렇게 보지 맙시다. 개에게도 이렇게는 안 차리겠네요."
밥상을 보기 좋게 차버리고 말았어라.
"이놈의 자식이 어디서 행패야! 못 돼 먹은 자식 같으니…… 당장 나가지 못 해!"
"예, 나가겠습니다. 밥 한 끼니 먹으러 온 것뿐입니다. 퉤, 퉤 아이 더러워!"

문을 박차고 나와 길거리를 방황하다 해가 저물어 부잣집 문간 옆 헛간에서 하룻밤 자기로 하고 짚을 많이 깔고 누워

막 잠이 들려 하는데 번쩍 등불이라.
젊은 여인의 목소리로 “문 좀 열어 주셔요. 잠깐 드릴 말씀이 있어 온 감사댁의 한 여자입니다.”
“이 밤중에 무슨 여인이요? 사람이면 물러가고 귀신이면 썩 사라지지 못할까! 당장에……”
재차 간청하는 여인은
“젊은이를 해치러 온 사람이 절대 아니오니 잠깐 문만 열어 주세요.”

사정에 못 이겨 열어 줬더니……
“오늘 낮 점심때 감사님께 대꾸하시던 모든 걸 깊이 살피고 나서, 저런 인물이 걸인이라니 크게 놀라 뒤따라 온 수기생 홍도라 하옵니다. 안심하시고 저를 따라 저희 집으로 가십시다.”
사정사정에 못 이겨 따라 나섰도다.
도착한 곳은 으리으리한 호화주택이라 융숭한 대접을 받는데…… 목욕재계하고 좋은 옷을 입으니 훤칠한 남성으로 보기 드문 헌헌장부로다.
잘 먹고 서로 맞아 밤이 깊도록 놀다가 비단금침에서 취하도록 잘 자고야.
사랑이 후끈한 분위기 그 속에서 마음껏 푹 쉬더니 어느 날 아침밥을 먹은 뒤
"나 이제 밖에 좀 나갔다 오겠수다." 하자 미녀 홍도는
"딴 데는 가시지 마시고 이 자금으로 산 속 좋은 절을 찾아 과거시험 준비 하시옵소서."
내놓으니 묵직한 엽전 꾸러미로다.
옷 속에 돈꾸러미 걸쳐 매고
"여보, 부디 몸조심하고 잘 있어요. 고마워요."
"서방님, 부디 성공하시기만 간절히 바랍니다."
위대한 꿈을 안고 신랑은 손을 흔들며 떠났고야.
홍도는 그날부터 불공에 정성을 다 바친다.

'서방님의 과거급제만을 비나이다…….'

세월은 흘러흘러 5~6년 후의 어느 늦가을 아침, 홍도의 대문 앞에 시커먼 거지라.
악취가 물씬 풍기며 "밥 좀 주세요, 네?"
유심히 보니 홍도의 절개를 테스트하는 거동이렷다.

홍도는 그 시커먼 얼굴을 자세히 살폈어라.
"여보, 이게 웬 일이어요, 이 몰골이……"
아무리 거지라도 내 남편인데…… 안으로 다정히 모셔 밥도 한 상 차리고 약주도 한 잔이라…… 공복에 취해 버려 비스듬히 쓰러졌네.
품 안에서 무엇이 번쩍이라 깜짝 놀라 유심히 보니 마패라, 얼른 가려 버렸다.
"어허, 잠깐 잠이 들었구나." 눈을 크게 뜨며
"당신 내 가슴 쪽 봤지요?"
"여보세요 서방님, 그러지 마세요. 잠깐 본 걸요.
참으로 고생 많이 하셨네요. 참으로 고마워요."

사람 볼 줄 아는 홍도의 앞길은 탄탄대로에 행복이 밀물처럼 밀려왔다 이거라.

꿈 이야기

늙은 총각 뼈 닳도록 일은 해도 빈궁은 못 면해라.
어이 할꼬 진정 못 살겠네……
"천지신령이시여! 이놈 좀 편히 먹고 살게 해
주십시오. 이 궉(鴌)가라는 놈 간절히 바랍니다."
푹 잠이 들어 꿈속이라.

허연 옥황상제는 크게 호령이라.
"어, 내 말 듣거라. 저 남쪽 황룡이 동쪽에 비를 주라 했거늘 명을 어겨 서쪽에 주었구나. 무엄하다. 그 용의 턱수염 하나를 뽑아 오너라. 큰 벌이니라."
"네~잇."
힘껏 뽑아 상제께 헌납하니 받아든 상제는 총각 턱에 힘차게 박았어라.
"아이고, 아야아……"
이게 무슨 괴변이야.
아이고 아이고 만져보니 주먹만 한 용수라.
당기면 몇 척인지 길게 늘어나고, 놓으면 오그라져 큰 주먹만 하구나.

해괴한 그 수염 소식 몇 천 리나 퍼졌는지 그 수염 만지러 장사진(長蛇陣)이라.
수염 체험한 손님들 그냥 아니 가고 엽전 몇 닢씩 던져 주니 차츰 쌓여 부자가 곧 될 것이라.
드디어 왕의 귀에 소문 들려 임금이 만져보고 명불허전(名不虛傳)이라
“듣거라. 이 용수는 국보이노라. 다 닳아 버릴까 염려로다. 앞으로 절대 만지지 말라. 이런 국보급 수염은 아직 없는 보물이로다.”
나라에서 집 주고 논, 밭 주어 결혼하고 큰 부자 되니 희한한 꿈 이야기,
‘궉씨 전설’이었다오.

한밤중의 유령

일제 강점기의 어느 날 밤, 보슬보슬 비가 내리는데, 서울의 어느 택시회사에 따르릉 따르릉 전화라.
"여보세요? 택시회사입니다."
"여기는 홍제동 화장터 앞인데요, 지금 택시 한 대 보내주세요."
"예, 곧 가겠습니다."
전화 받은 나이 많은 기사는 별로 내키지 않는 그곳에 급히 몰고 가 '빵 빵' 해도 사람이 없어 차를 돌려 오려는데 "택시, 택시!" 부르는 이는 묘령의 아가씨라.
승객은 "돈암동 쪽으로 갑시다."
"예."
한참 달리다 보니 말하는 사람은 분명 사람인데 백미러에는 사람이 없어…… 기사는 소름이 끼쳐 '어이할거나' 식은 땀이 줄줄 흘러 큰 야단이라.

달리고 달려 앞이 흐려지는데
"다 왔어요, 세워주세요."
"예."
"저 계단 위의 집이 우리 집인데요, 요금 가지고 올 테니 잠깐만 기다려 주세요."

"예……."

한참을 기다려도 기척이 없어 기사가 올라가 벨을 눌렀더니 엉뚱한 노인이 나오면서,

"뉘시오?"

"예, 택시 기사인데요. 방금 아가씨가 택시 요금 가지러 이 집으로 들어갔는데요, 아무리 기다려도 소식이 없어 이렇게 왔습니다."

"아무도 온 적이 없는데요? 좀 생각해 볼게요. 오라, 결혼 때문에 내 딸이 제 뜻대로 안 된다고 작년 오늘 자살을 했거든요. 그래서 그 영혼이 찾아왔나 봐요."

"예, 예."

"기다리세요."

요금 받은 기사는 땀에 흠뻑 젖은 몸으로 겨우겨우 돌아와 넋이 나갈 만큼 놀랐던지 식음을 전폐 터니 세상을 떠나 버렸대요.

참, 별 해괴한 일이 다 있네요. 참.

무식해도 판서(장관)까지

조선 중기의 연안이씨 천보(天輔)는 벼슬이 영의정인데 아들이 없는지라, 고향 연안으로 내려가 양자 하나 고르려 청소년을 모아놓고 잔치를 열어 살핀다.
뒷집의 젊은이 하나가 땔나무 한 짐을 '쿵' 부리고 땀을 씻으면서
"어머니, 아랫집에 사람들이 많이 모여 시끌벅적하던데요."
"우리 영의정 대감님이 양자를 간택하려는 잔치란다."
"그럼 우리 집엔 아무 연락도 없었나요?"
"없었다."
"그래요?"
'우리는 가난한 집이라고 깔보는 건가? 안 될 일이지!'

후닥닥 뛰어 내려가 바지 꼴마리에 자갈을 듬뿍 채워 연회장에 마구 던지면서
"뭐? 나는 연안이가가 아닌가? 왜 차별하는 게요? 왜 연락도 하지 않는 게요?"
이정승이 갸웃이 고개를 내밀고
"내가 잘못 했다. 너도 들어오너라."
"예, 고맙습니다."

털털 털고 들어가 주는 음식을 먹지 않고 수건에 싸는지라
"왜 먹지 않고 싸느냐?"
"예, 어머님은 점심도 못 드셨는데 떡 좀 갖다 드리고 와서 먹겠습니다."
"어허 그렇구나! 오냐 알겠다. 지극한 효성이로다. 따로 보내드릴 테니 너는 앉아서 맛있게 먹어라."
"예, 감사합니다."
이정승은 감탄한다.
그 젊은이의 모든 언행을 잘 살핀 뒤 그를 아들로 가려 가마에 태우고 한양길에 올랐다.
물론 홀어머니의 안정된 생활도 보장해드리니 상경하는 이정승도 흡족만 하였어라.

힘든 여행 끝에 한양에 도착한 청년 '문원'이는 그 넓은 양부 천보대감댁의 이곳저곳을 잘 살피고 훌륭한 스승 밑에서 공부가 시작되었다.
그런데 이게 웬 일입니까?
'하늘 천(天)' 자 한 글자를 익히는 데에 한 달도 더 걸렸으니 워낙 소걸음이라, 한숨짓는 양부는 크게 실망 끝에 파양

하고 낙향시키기로 작정 후
하인들을 시켜 부탁한다.
"만약 뜻밖의 놀라운 일이 생기면 되돌아오도록 하여라."
"예."

가다가 쉬는 때에
"도령님, 그 좋은 자리를 버리고 다시 그 고달프기만 한 시골로 내려가시다니 참으로 애석합니다. 저희 같이 천한 사람들도 하늘 천, 땅 지, 검을 현, 누를 황…… 이렇게 잘 외우는데, 어쩜 한 글자 배우는 데 한 달도 더 걸린다니 참으로 곧이들리지 않습니다."
"너희들은 깊은 속마음을 모르고 하는 소리 그만들 하여라. 내가 어찌 하늘 천, 땅 지, 검을 현, 누를 황, 집 우, 집 주, 넓을 홍, 거칠 황을 모르겠느냐. 책 끝의 언, 재, 호, 야까지 다 읽을 수 있단다."
"그럼 그리 더디 배우시는 이유가 뭣이옵니까?"
"말도 말아라. 내가 조랑조랑, 딸랑딸랑 잘 배우기만 하면 일생 동안 그 많은 책만 배우다 인생 끝내겠더라. 그래서 바보 흉내를 냈을 뿐이야."

이 말을 들은 하인들은 이유 없이 되돌아가…… 이도령의 말을 그대로 이실직고하니 양부 천보대감은 흡족하여 큰 웃음을 지은 뒤 개인교습을 완전 중단하였더라.

뭘 시키지 않고 방학인 어느 날 양부 이정승은 숙제 하나 던졌는데…….
콩 한 말을 주며
"그 콩이 몇 개인지 내가 퇴근 때까지 세어 놓도록 하라."
"예."
그런데 세기는커녕 공치기며 다른 놀이에만 푹 빠져 같이 노는 애들이 걱정이 되어
"언제 그 콩을 세시렵니까?" 하니
"오라. 그럼 좀 세 보자. 다 모여라." 하더니
홉 되로 하나씩 분배하고 "따로 잘 세어라."
그 많은 애들이 모두 따로 세어 센 숫자를 다 합쳐 답을 내놓고, 또 재밌게 놀다가 귀가하신 부친께 콩 갯수를 알려드리니
"오냐. 고생했다."
하인 하나에게 물어 그 수단을 안 뒤로는 문원을 더욱 믿고

총애하였도다.

늦가을에 조상 묘에 세향을 지내는데, 올해는 축문을 문원에게 읽히는데, 독 홀자, 축 독축! 할세.
"예."
"유세차 갑신 十月 十五日 이문원 감소고우……"
산천(山川)이 찌렁찌렁 크게 읽으니 수헌이 주의를 준다.
"너무 크다. 좀 작게 읽으라."
"예."
"시불렁, 저불렁, 더더불렁, 독식 후손 후 자부렁, 어부렁…… (잘 안 들림) 상향!"
'유세차'하고…… '상향'만 크게 읽고 어물쩍하게 대충 끝내고 말더라. 어른들도 별 말 못하고 넘어가더라. 요령 좋은 재사(才士)요, '난댕이'지요.
글자 아니 배우고 들은 풍월과 날카로운 추리력으로 풍자적 일생을 마친 분도 계셨다고요. 허허 참!

미녀 기사(技士)

친절을 생명으로 여긴 미녀 기사가 오늘도 여느 때처럼 작은 버스에 손님 가득 태우고 후미진 고개를 바야흐로 넘을 적에, 건장한 두 승객이 폭도로 변해 기사를 끌고 내려가 윤간이라.
이 끔찍한 사건을 승객들은 발발 떨며 숨을 죽일 적에 용감한 청년 하난 두 폭도와 투쟁하다 얻어터져 만신창이 되어 유혈이 낭자하였더라.

천생이 약한 여기사는 기어기어 올라와 피투성이 청년을 내리게 한 뒤, 힘없이 운전대를 잡고 겨우겨우 비탈길 커브쪽에 이르러 '한 번 죽지, 두 번 죽느냐!' 부웅부웅 공중으로 날아 불귀의 영혼이 되었더라.

아이고! 불쌍하고 가련하여라. 명복을 빕니다.
그 아슬아슬한 장면에서 승객 전원이 투사가 됐었다면야 그런 끔찍한 사건을 충분히 막을 수 있었을 걸 왜 그리들 못하고 억울하게 최후를 맞이했을꼬…….

살려야 되고 말고

정암(靜庵) 조광조(趙光祖) 대사헌(大司憲)
시조(始祖) 한양(漢陽) 조지수(趙之壽)

정암의 백부는 굴지(屈指)의 골상학자(骨相學者)로 이름을 밝히지 않은 분이다. 이유 불문코 광조만 보면 몽둥이건 뭐건 잡히는 대로 들고 패는지라, 오금을 못 펴고 살았다.
그 백부(伯父)가 먼 곳의 현감으로 부임해 가자, 해가 저무는 섣달 그믐쯤에 아무리 엄하셔도 세배를 안 할 수는 없는지라, 세배 차 출발하였다.
도중 여인숙에서 눈길에 피곤한 몸이 곤한 잠에 들었는데, 잠결에 들리는 희한한 저 소리는 '끙끙 흐흐흐' 죽어가는 소리가 아닌가.
급히 문을 열고 마루를 살펴보니 거지 한 사람이 꽁꽁 얼어 죽기 직전이라……. 급히 안아 들여 자기 이불로 잘 덮어 주었노라.
워낙 추워 자기도 이불속으로 파고들어 잠결에 거지의 몸에 오른손이 얹혀져 유방이 잡혔는지라 '어이할거나' 조심조심 선잠 끝에 날이 밝아 유심히 보니 일류 미색의 처녀이었더라.

주인에게 신신당부한다.
"이 아가씨를 잘 목욕시켜 깨끗한 옷으로 갈아입히고 골방에 잘 보호하시오."

세배 길을 재촉하여 도착하였고, 조카 광조가 세배 차 온 것을 알렸다.
광조는 또 호되게 맞을 각오를 하고 안으로 조심조심 들어섰는데, 가까이 다가설 때 호랑이 백부가 급히 마중 나와 광조를 보고 희희낙락이라.
"어서 들어가자."
안아 들일 만큼 예뻐하시는지라, 뜻밖의 사랑에 감격해 세배 후 울음을 터뜨리고 말았다.
"어허, 광조야. 왜 우느냐?"
"너무 감격하여 그러하옵니다."
"그래, 그래! 광조야. 여기까지 오는 도중에 있었던 일이 몹시 궁금하구나. 무슨 특이한 일이 있었느냐?"
"별 일 없었습니다."
계속 추궁하는지라 부득이 얼어 죽어가는 거지를 살린 이야기를 하고야 말았더니, 무릎을 탁 친 백부는

"오냐, 오냐. 잘 알았다. 그런 일이 있었기에 이렇게 좋아 너를 안아주고 업어라도 주고 싶기만 하구나. 거지를 살린 것이 활인(活人)이라. 그 일이 있기 전의 네 얼굴은 살기가 등등하여 장차 네가 저지를 사건 때문에 우리 조가가 멸문하게 되었기에 그리도 밉게만 볼 수밖에……. 인제는 네가 크게 출세하여 우리 한양 조가가 네 덕으로 많은 사람이 출세하고 부자가 되겠구나. 네 큰애비도 네 덕에 잘만 되겠구나. 얼마나 좋은지 모르겠다."

조광조

조선의 중종반정(中宗反正) 공신으로 신진 개혁정치를 펴 한양조씨 뿐만 아니라 전국의 중추적 거물이 되었도다.
멀쩡한 사람을 궁지에 몰아 죽게 한 짓은 이와 반대로 천벌을 받을 건 뻔한 일이로다.

망암 변이중

전라도 장성을 출발한 청년 변이중은 청운의 꿈을 안고 보무도 당당히 한양길 재촉이라.

충청도 한밭 곁의 삼거리쯤 지날 적에 패랭이 쓴 마부 하나가 90도로 경례하며
“죄송합니다. 이 말에 타시고 동행 좀 해주시길 간절히 바랍니다.”
“난 한양길이 몹시 바쁜 길손인데 갑자기 웬 뚱딴지 같은 말이오?”
“예, 제 말씀만 들어 주시면 앞일은 술술 거침이 없을 것이외다. 제발 들어 주십시오. 저는 영을 통했다는 신령입니다.”
덕이 철철 넘치는 변청년은 ‘한 번 들어줘 보자’ 작정하고 말에 탔는데 웬 엉뚱한 길로 가는 게 아닌가!
“예, 저하고 말은 둔갑한지라 타인에겐 아니 보인답니다. 저 안동네의 큰 부자집 규수의 결혼식이 오늘인데 지금 입장한 신랑은 둔갑한 마귀라오. 도착하시면 귀빈 접대를 받으실 텐데 한 상을 잘 받아 드시고 한 말씀만 크게 해주시면 임무는 끝이랍니다. 긴장을 쭈욱 푸시고 큰 선비 행세만 하시면 앞일은 만사형통하십니다.”

"뭐……?"
"토방 밑에 둔갑해 엎드린 저를 보시고 큰 소리로 '저놈 묶어라!'만 하십시오."

'그렇게 한 번 해보지'

"저놈을 묶어 내던져라."
몇 잔 술을 마신 터에 용기를 내 큰 소리로 하였더니 전광석화(電光石火)로 끌려 던져진 신랑은 마당에 '캥, 케갱' 하며 백여우 한 마리로 변해 피를 토하고 뻗은 괴변이 전개되었더라.
이런 날벼락이 어디 있단 말인가?
백여우 끌어내 죽이고 그 뒤 바로 참 신랑 도착해 '전화위복'이라. 세상에 이런 일이 다 있다니…….
어디 귀빈께 감사한다는 말뿐이리오. 사례금도 톡톡히 받아 든 변청년이 대문 밖에 나서 몇 걸음 걸을 적에 말을 끈 마부가 나타나더니
"아이고 고생하셨습니다. 참으로 고맙습니다. 타십시오. 참으로 큰일 하셨습니다."

출발했던 삼거리에 도착해 작별하면서
"장부님, 저는 여기서 작별하겠습니다. 저 산 중턱의 하얀 바위가 제 모양입니다. 저는 산을 지키는 신령이온데……. 백 년 묵은 백여우가 똥오줌을 쌀 때마다 꼭 내 머리통에 갈겨대니 냄새 때문에 견딜 수가 없었다오. 그 백여우에게 호령할 분은 장부님뿐이온데 오늘이 길일이라 마침 뵙게 돼 제 소원을 풀어 주셔서 백 배 사례합니다.
그 말은 잘 타시고 서울 광화문 사거리에서 하마(下馬)하시어 앞을 보시면 팥죽 파는 할머니가 계실 겁니다. 다가가서 그 죽 한 그릇 사드시고 할머니가 하라는 대로만 하시면 과거 합격 길 훤히 열리고 전도는 만사형통이요. 날 보고 싶으시면 한양 길 오가시며 여기서 동쪽 산의 흰 바위만 바라보십시오. 그럼 저도 맞답례 하겠습니다."

망암(望巖)은 승승장구. 관직은 승진이요, 발명하신 화차(火車)는 임진왜란 때 행주대첩 등에 잘 이용 됐으니 그 공이 태산이롤세. 그래서 호도 망암이라 지으셨다나 봐.

관상도사

따뜻한 봄날, 마치 의자 같은 자연석에 걸터앉아 무료로 관상이라.
젊은이 하나 불쑥,
"나도 좀 봐주세요."
안경 너머로 유심히 훑어보더니……
"거냥 집으로 갔다가 내년 이 맘 때 오시오."
"왜요?"
"그때 이야기 합시다."
얼마쯤 가는데 천지개벽하듯 먹구름이 일더니 껌껌해지며 폭우가 동이물로 쏟아지더니 산천(山川)을 뒤덮는 대홍수라.
절벽의 동굴에서 잠깐 비 피한 뒤 다시 걷는데 너무나 큰 고목이 흘러오는지라…… 유심히 보니 시커먼 개미떼가 흘러 흘러 모두 죽어가는구나.
온 힘을 다해 고목을 냇가로 끌어내어 그 많은 개미의 죽음을 면케 하였어라…….

어느새 1년이 지나 다시 그곳 관상바위를 찾아
"안녕하셨어요? 1년 돼서 다시 왔습니다."
"에이, 당신 또 왔구려. 그런데 1년 전 귀가할 때 무슨 일이 있었지요?"
"별 일은 없었구요. 홍수에 다 죽게 된 개미떼를 살려준 일은 있습니다."
"오라, 그랬군요. 그게 구명(救命)이로다. 죽음에서 살려준 그 공으로 당신이 회생(回生)한 거요. 100세 하겠수다. 축하해요."

또 한 청년의 상을 보는데……
"당신의 명이 다 돼 곧 죽겠소."
"어떻게 살 수는 없을까요?"
"있긴 하나 있는데…… 저 해변에 삿갓 쓰고 낚시질 하는 이 옆에 딱 달라붙어 먼 바다나 보고 앉아 계시오."
잽싸게 달려가 앉자마자 뇌성벽력이 한 식경 치더니 멈추는지라 날이 갠 뒤에 그 노인을 찾았더니……
그 노인 왈
"당신의 지은 악업 때문에 명이 다 되어 죽이려고 번개가 계속 내리치는데도 천효(天孝)인 낚시꾼까지 죽일 순 없어, 그 낚시꾼 덕에 당신도 죽을 그 시간을 넘긴 거요. 100세 사세요. 축하해요."

또 다른 관상 영감에게도 운집이라. 젊은이 하나
“나도 좀 봐주세요.”
관상 영감 왈
“당신은, 당신은 사람을 죽이겠소. 조심하시오.”
“아니, 이놈의 영감탱이가 재수머리 없이
뭣이 어쩌고 어째!”
버럭 화내며 달라들어 노인을 한 대 쳤는데……
발발발 떨며 절명이라.
사람 죽일 건 잘 맞췄지만 자신을 죽일 줄은 몰랐어라.
안 됐네요. 에~ 참.

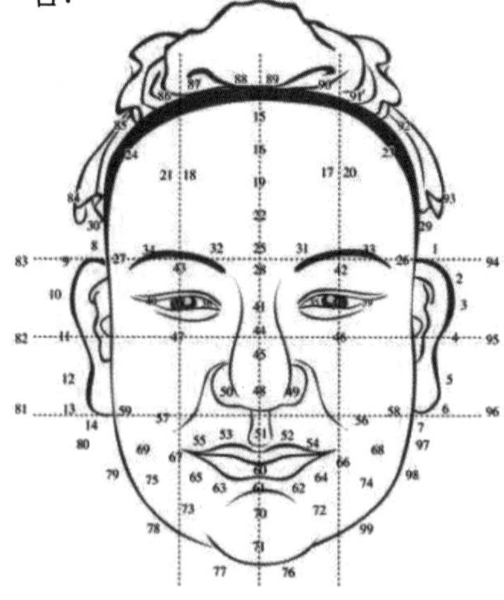

왜(倭) 스파이의 조선 잠입

조선 중기쯤, 전 판서인 형이 동생인 정승에게 예고한다.
모월 모일 모시쯤에 삿갓 쓴 벙어리가 동생 집에 걸인 행세를 하고 들어오면 또순이에게 다음과 같이 하도록 시켜라.
"저녁 밥상을 내민 후 이상한 표정으로 고개를 갸우뚱 갸우뚱 하면서 물러나도록 하렷다."

밥상을 받은 스파이는 가슴이 조여 제대로 먹지도 못하고……,
밤새 경계하느라 뜬눈으로 밤을 새우고 떨고 앉았는데 아침 밥상을 내미는 하녀가 말을 한다.
"꼭 일본 사람 같기도 하네."
이상한 표정을 남기고 물러가는지라, 왜의 간첩은 '이러다간 발각되어 나를 죽일지도 모르겠다.'
옷을 서둘러 입고 인사도 하는 둥 마는 둥 나왔는데……

정자거리서 기다리던 10여 명의 나무꾼 청년들이 작대기로 위협조로 땅을 치며 삿갓 쓴 벙어리를 쫓는지라.
"왜놈 '도요토미'를 잡아라!"
그것이 떨어지도록 도망쳤도다.
그 간첩은 두런거렸을 걸……

'조선이란 나라는 가볍게 봤다간 큰일 나겠구나. 어느 집의 하녀까지도 나를 알아보다니. 큰일 날 뻔했네.'

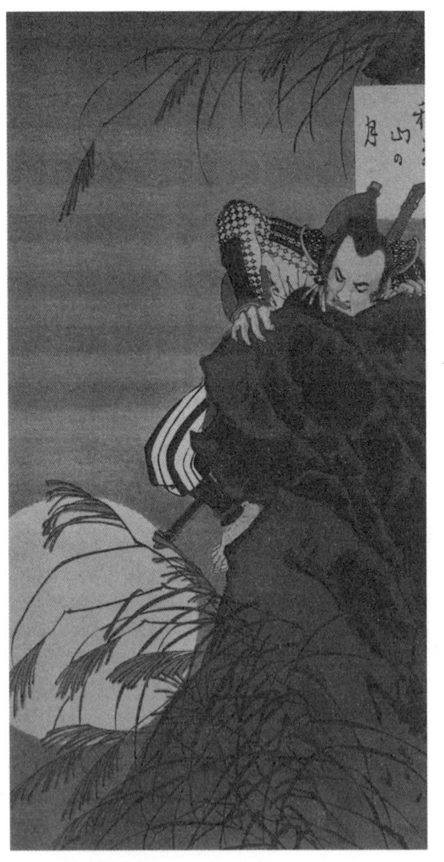

이나바산을 오르는 히데요시

천기를 예단한 이판서는 어이 간첩이 동생 집에 올 것을 시기까지 정확히 알았단 말인가. 소름 끼치네.

그 스파이가 임진왜란의 괴수 '도요토미 히데요시'로다. 대담한 자로다.

명풍 갈처사(名風 葛處士)

조선 19대 숙종은 평복(平服)으로 지방 순행(巡行)을 자주 하여 민정을 살핀 탁월한 임금이었어라.
날씨 화창한 어느 봄날 수원 근교의 다리를 건너는데 다리 밑에서 대성통곡이 들리는지라, 사연이 궁금하여 내려가 사유를 물었다.

울음 그친 청년이 말한다.
"저의 형편이 너무나 가난하여 부친 모시고 근근이 연명 중 부친이 급서(急逝)하셨는데, 장지가 없어 관을 길가에 놓고 울고만 있으니 과객 한 분이 다가와서 '참으로 애처롭소. 울고만 있지 말고 관을 메고 날 따라오시오.' 하기에 걸음걸음 따라가니 냇가의 모래벌밭이었소. 노인의 말은 이 모래밭에 묻어 드려라 이거야요. 그러나 여기저기 파보니 물이 흥건하여 감히 묻어 드릴 수 없어서 울고만 있소이다."
"어허, 딱하기도 하여라."
숙종은 당장 몇 자 적어 상주에게 "이 서찰(書札)을 가지고 수원부사에게 전하시오. 이 관은 내가 지킬 터이니……."
상주는 알 수 없는 서찰을 들고 달려가 수원부사께 전한 즉 부사는 크게 놀라…… 관속을 불러 쌀 200석을 주어 부친상을 치르게 하고 집도 한 채 마련해 주니……그 입은 은혜가 하해만 같도다.

그런데 숙종 왈(曰),
"그 노인 사는 집을 알 수 없을까?" 물은 즉
"예, 저 멀리 보이는 오두막집이라 들었습니다."
냉큼 찾아간 과객이 "이리 오너라, 이리 오너라." 부르니
꾀죄죄한 노인이 "뉘시오?" 하고 나오는지라
"노인은 어떤 생각으로 모래밭에 묘를 써라 점지했습니까? 물만 나오는 그곳에 감히 묘를 쓰라니 아주 못된 수작이 아니오?" 하니
"과객은 미묘한 사연을 모르면서 생트집이란 말이오? 거기가 그래 봬도 백미(白米) 200석이 나올 대명당이란 말이외다."
"그렇게 지맥을 잘 보는 명풍이 아랫마을처럼 좋은 곳에 명당 잡아 집을 안 짓고 이렇게 오두막에 사십니까?"
"에이, 여보시오. 아랫마을 형국은 불량하게 횡재한 사람들이나 살 비정통 지형입니다. 이래 봬도 이 집이야말로 상감이 다다를 명당이외다."

"그렇다면 그 상감이 여기 올 날은 언제쯤입니까?"
"예, 그건 선뜻 기억이 아니 나오니 좀 기다리십시오."
"예."
먼지 낀 책 한 권을 들고 나와 털털 털고 유심히 살피던 갈처사(葛處士)는 새파랗게 질린 얼굴로…… '바로 오늘 이 시각에 오시는데……. 바로 이분이 상감이시구나.' 맨 발로 마당에 내려가
"상감마마, 죽을 죄를 지었습니다. 용서하시옵소서."
"아니오, 일어나시오. 그리 좋은 일을…… 참으로 고맙소."

날짜를 정해 경복궁에 찾아들라 이른 후, 찾은 날
"상감마마, 평안하시옵니까? 이렇게 뵙게 되어 큰 영광이오나 황공하옵니다."
"그래, 잘 지냈소? 만나게 돼 고맙소."
이 말 저 말 끝에 숙종은
"내가 들어갈 묘 자리 하나 부탁하오."
"예, 예. 알겠습니다."
처사가 잘 잡아 드린 서오능의 숙종대왕 능(陵)은 특유의 대명당이라오.

명풍의 입궐 사실을 알아차린 장희빈이 나가는 갈처사를 불러들여 자기가 묻힐 자리 하나 요청하매
“예, 잘 알겠습니다.” 말하고는 속엣말로 ‘누구나 명당에 드는 줄 아느냐?’ 비아냥거렸으나
저 아래쪽 묏부리에 장희빈 묘도 겨우 붙어 있노매라.
명풍 갈처사도 큰 은혜 입어 잘 살았다는 아름다운 전설입니다.

숙종대왕 명릉

지략가 윤행임

오곡백과 풍성한 풍년에 들판 농로를 바삐 재촉하는 어사 박문수가 오란 데는 없어도 날이 저물어 잘 데를 구하러 다급하기만 한데……,

사람은 안 보여도 수숫대가 움직인다.
“어허, 야~”
“예.”
“너 어디 있느냐?”
“허허 참 손님도 웃기시네요.”
“왜냐?”
“저 밭에 있잖아요.”
“어허, 내가 실수했구나. 너 어느 동네에 사느냐?”
“예, 저 안동네 삽니다.”
“날이 저문데 어디 잘 만한 곳이 있겠느냐?”
콩잎 따느라 구덕을 맨, 작아도 야무진 윤행임이
“가십시다. 저희 집에서 주무세요.”
도착해 보니 두 칸짜리 오두막집이라
“얘야.”
“예.”

"단칸방에 어머니까지 계시는데 어떻게 자겠느냐?"
"손님께서는 걱정 마십시오. 홑이불을 사이에 치고 아랫목에서 주무시면 되지 않아요?"
"오냐, 고맙다."

모처럼 귀한 손님이 오셨으니 마을 부잣집에서 쇠고기 좀 얻어다 잘 끓여 저녁상을 들이며
"별 찬은 없지만 많이 드십시오."
"오냐."
"국은 소고기국이니 맛있게 드십시오."
"오냐."

어사는 좀 이상한 생각이 든다.
'무슨 소가 죽는 큰 사고가 났는가?'

꺼림직하여 그 맛있고 빽빽한 국을 좀 남겼다.
"어째서 국을 다 안 드셨네요?"
"오냐, 잘 먹었다."
한참 뒤 어사는

"얘야, 이 동네에 소가 죽는 큰 사고가 났느냐?"
"아니요. 소가 죽어야 국을 끓이잖아요."
'어린이의 기발한 지략으로 1년 내내 고깃국도 못 드시는 어머니가 남은 국을 드시게 한다는 말이니……'

잘 자고 일어난 다음날,
'아침 밥상에도 따끈한 쇠고깃국이겠구나. 아침에는 잘 먹어야지…….'
밥을 절반쯤 먹었을 때 부엌을 내다보며 '엄마가 술을 거르시는구나.'
어사는 '아침에는 술도 한 잔 있으려나?' 하고 하얀 백반을 절반쯤만 먹었어라.
"어째서 밥을 남기셨네요?"
"오냐, 많이 먹었다."
밥상을 내놓으며 엄마가 '술을 거르는 것이 아니라 풀을 거르셨구나' 하는 걸 알았다.
'1년 내내 잡곡밥, 죽만 드시는 엄마에게 흰밥 좀 드리고 싶어서 짜낸 지략이라.'
박어사는 생각한다.

'그 애가 보통 지략가가 아니구나. 어린애의 지략에 판판이 넘어갔으니……'

동네를 한 바퀴 죽 돌고 나가는데 거둔 콩둥치 밑에 세 아이가 떨어진 콩을 줍고 있었다.
"얘들아, 그 콩을 어쩌려고 줍느냐?"
한 아이는 "볶아 먹으려고요." 다른 아이는 "밥에 놓아 먹으려고요." 또 한 아이는 "내년에 심으려고요." 한다.
"그래."
세 아이 중 내년에 심겠다는 어린이, 즉 윤행임은 영의정까지 오른 대정치가로 영걸이었어라.
노(老) 대제학(大提學)인 남원윤씨로다.

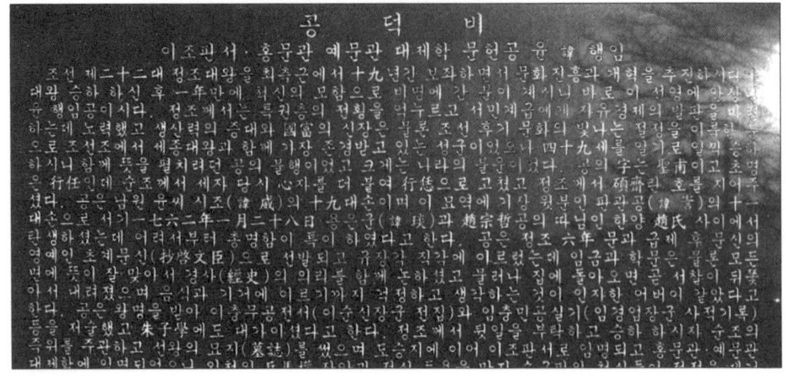

윤행임 공적비

사람 팔자 5분 전이야

수원의 큰 다리 아래 거적때기로 대강 가리고 궁상스럽게 사는 거지에게 내로라하는 관상, 사주, 풍수의 전문인들이 다가가 생년, 월, 일, 시 등을 묻고 자기 주관대로 따지고 설파한다.

사주 전문인 왈,
"이모저모로 짚어 봐도 거지로다."
관상 전문가 왈,
"요리저리 살펴봐도 걸인상이로다."
경력 많은 지관은
"댁의 선산을 좀 볼 수 있을까요?"
선산을 잘 살핀 뒤,
"대명당인데 조금만 올려 쓰고 치분한 뒤 좀 기다리세요."
"예, 예. 고맙습니다."

몇 년이 흘러간 어느 날 묘령의 아가씨가 풍덩 투신이라. 다행히 다리 밑의 걸인이 잽싸게 달려가 힘겹게 건져내 시민들의 협조로 응급조치 후 입원시켜 고귀한 생명을 구했어라.

널리 광고하여 신원을 확보하니…… 아가씨는 연애에 실패하여 극단을 선택한 재벌의 딸로 이대생이었더라.

구사일생(九死一生)이라. 귀한 따님을 살려냈기에 하루아침에 많은 사례조로 주택, 전답, 임야, 현금까지 횡재를 얻은 부자가 되었더라.
조상의 음덕으로 거부가 됐구려. 천만다행입니다. 축하해요.

원한(怨恨)의 신부여!

사모관대에 도복 차림의 헌헌장부와 족두리에 연지곤지 발라 예쁘게 화장한 신부는 떨리는 가슴으로 서로 4배, 재배로 첫인사를 정성스럽게 나눈 뒤, 정배까지 마시고 많은 분들의 축하 속에 들뜬 그대로의 첫 출발을 어엿이 내딛었다.
하객들도 모두 떠난 신랑 신부만의 정겨운 시간이 펼쳐져 달콤한 이야기와 간지러운 대화로 규방의 분위기는 달궈지는데…….
신랑이 용변하러 밖으로 나가는 순간 도복 자락이 돌쩌귀에 걸려 휘청하더라.
신랑은 버럭 성질을 내며
"이거 놓지 못해! 첫날밤부터 무슨 못 돼 먹은 수작이야."
또 한 번 크게 화를 내더니 변소에서 곧장 자기 집으로 가고 말았더라.

어이할거나. 어허, 너무나 어처구니없는 사단이 벌어졌으니 이를 어찌하나?
신부가 침착하게 신랑의 오해를 풀기 위해 도복 자락이 돌쩌귀에 걸린 것을 오해하였음을 간곡히 적어 보낸 서신도 믿어 주지 않고 영영 생이별이라.

세상에 이런 작은 오해로 큰 사건이 터지다니…….
어떻게 풀 도리가 영영 없어 신부는 식음을 전폐하고 분을 꿀꺽꿀꺽 삼키다가 마침내 젊은 한 인생은 끝장을 보고 말았던 것이다.

치상하려 입관하려는데 눈을 빼끔히 뜬 시체는 등이 방바닥에 밀착하여 도저히 떨어지지 않는지라.
얼마나 억울하고 분하기에 이 지경이 됐을까?
눈 뜬 시체는 부패도 하지 않고 밤이면 흐느끼는 괴성까지 내며 흉흉하여 드디어 소름끼치는 흉가가 되고 말았으니.
시커먼 곰팡이에 뱀, 개구리만 우글대는지라 온 동네가 흉촌이 되어 공동(空洞)이 되어가는구나…….

몇 년이 지난 어느 여름날 꾀죄죄한 선비 하나, 동네 앞 주막에 들러 술 한 잔을 주욱 마시고 묻는 말이 저 안동네 큰 집의 내력을 묻는지라.
주모 왈,
"말도 마시오. 천하미인인 그 집 규수와 첫날밤에 엉뚱한 오해로 신랑이 토라져 도망쳐 버려 철천의 한을 안고 운명한 뒤, 치상을 하려 해도 시체가 방바닥에 밀착하여 부패도 아니하고 흉가가 되어 풀만 무성하외다. 그 흉가엔 뱀, 개구리만 번성하니 흉가가 되는 바람에 온 동네가 폐촌이 될 지경이라오. 아이고, 그런 못 돼 먹은 신랑이 이 큰일을 저지르다니. 어이할꼬!"

그 과객은 술 한 잔을 또 마시고 이실직고한다.
"그 큰일을 저지른 죄인은 바로 이 못된 놈입니다. 늦었지만 제가 치상이라도 해야지요."
준비한 관을 메고 조심조심 접근하여 산 사람처럼 눈도 빼끔히 뜬 시체 옆에 누워서 "이 죽일 놈을 제발 용서해요. 여보! 여보!!"
그러자 죽은 신부의 붙었던 등이 살그머니 떨어지며 꼭 안겨주더라 이거.
이렇게라도 천만다행일세.
몽매, 몽매의 탓이로다.
오! 침착치 못한 신랑이여!
그렇게라도 선처했으니 다행이로다.

흉계(凶計)

조선의 좋지 못한 풍습 중 하나.
계모의 적자 푸대접, 그것이라.

어린 아들 하나 남긴 채 엄마는 아직 젊은 나이에 눈을 감고 말았구나. 계모도 바로 아들을 낳았으니……, 앙큼한 계모는 흉계를 꾸미는데…….
7~8살의 큰아들은 공부하러 서당에 다니건만 집에 와도 반겨줄 사람 없이 외롭고 불쌍하게 커가는구나.
계모는 백정 집을 찾아
"내가 중병에 걸려 사람의 간을 먹어야 겨우 회생할 거라 하니 우리 큰애가 서당에서 이 앞길로 지날 때 잘 꾀어 잡아 그 간을 빼어 갖다만 주면 내 재산의 절반을 주겠다."
약정하고 발걸음도 가뿐가뿐 돌아왔더라.

약속대로 서당에서 돌아오는 불쌍한 그 애를 꾀어 달콤한 말로 달래니, 외로운 그 아이는 싫기만 한 자기 집보다 훨씬 좋은지라.
백정(白丁)은
'사람을 어이 죽여? 천벌 받으려고'
계략을 세우고 키우는 개를 잡아 그 간을 고스란히 빼어내

어 야음을 타 살짝 가지고 가서
"약속대로 그 물건을 가지고 왔습니다."
"어허 고생 많았네. 고맙네."
남편께도 우물우물 둘러대고
"약정대로 재산증서는 수일 내에 전하겠네."
"재산은 그대로 두십시오. 제가 필요할 때 말하겠습니다."

그 뒤로 천재인 큰아들은 뒤 골방에서 가정교사로부터 쥐도 새도 모르게 사서삼경(四書三經)까지 잘 익혀 드디어 과거에 응하니 장원급제라.
조정에선 소원을 묻는다.
"예, 제 고향 군수로 가도록 하명을 제청합니다."
그대로 명을 받아 취타악대의 풍악 속에 부임하여 계모를 초치하니
"나는 모 사대부의 장남 아무개라 하느니라. 계모는 고개를 들라. 음흉한 술책으로 나를 죽이려 하였으니 그대를 살인대죄로 사형에 처하노라. 가마솥에 물을 가득 붓고 끓여 삶아 죽이도록 하라."
오, 시원하여라!

불사약(不死藥)

중국 고대전설에 후예(后羿)라는 폭군이 잔인 포악하고 극도로 사치스러우며, 백성을 위한 정치는 손톱만큼도 아니하나니, 백성들의 처절한 삶은 이루 말로는 다 못할 비참 그거로다.

어느 농부가 좋은 약을 캐서 후예에게 바치니 바로 장로불사약이라, 폭군은 기뻐서 어이할 바를 모른다.
이 소식을 들은 왕비는 그렇지 않아도 악명 높은 남편이 그 선약(仙藥)을 먹고 불로장생(不老長生)한다면 백성들은 어이 견디며 살 것인고!
왕비는 왕도 모르게 그 선약을 살짝 훔쳐 먹어치웠다.

왕비는 신선이 되어 자유자재로 훨훨 날아올라 저 밝은 달 속으로 소롯이 들어가고 말았으니…….
추석날 밤에 온 가족이 한 곳에 모여 보름달 모양의 월병(月餠)을 먹으며 애국 왕비 상아(常娥)를 기리는 가벼운 마음으로 금남의 평상 위에서 밤이 깊도록 즐거운 시간을 보낸다는, 정겨운 전설로 전해오는 흐뭇한 내용 그것이외다.

우목낭상(寓目囊箱)

천재 최치원이 당나라에서 공부하다 큰 고을을 여행 중 여관에 들러 막 잠을 자려 할 때, 이웃 큰 집에서 어느 애가 슬피 울고 있어 사유를 물었다.
그 애는 정승의 아들로 가정교사께 천자문을 배우는데, 선생님이 출타하며 우목낭상(寓目囊箱)의 뜻을 알아오라고 숙제를 주셨는데 몰라서 운다고 한다.
책을 가지고 이리 오라 하고 숙제 내용을 설명하느니라.

재산이 넉넉한 양반 부인이 여러 해 지병으로 고생하다가 아들 하나를 남긴 채 세상을 뜨고 말았다. 바로 후실을 얻어 거기서 또 득남이라.
후실은 귀엽게 잘 자라는 아들에게 그 많은 재산을 물려주고 싶어 엉뚱한 욕심이 북받쳐오는지라.
그러나 전처의 아들 때문에 재산을 오롯이 차지할 수 없을 터라 귀동냥한 바,
하남 들녘에 가면 돈도 꽤나 벌 수 있다는 말을 남편과 상의하여 큰아들을 그 들녘으로 내보내고야 말았다.

몇 년이 지난 뒤 계모는 한 가지 꾀를 내어

“아버님께서 중병을 얻어 아주 위태로우신데 눈알을 달여 먹으면 효험이 있다.”는 서신을 인편에 부쳤다.
이를 받아 본 효자는 크게 걱정 끝에 ‘아버지의 중환 치료라면……, 아버지!’
슬피 울며 뒤안으로 가 두 눈알을 빼 잘 싸서 인편에 부치며 아버지의 쾌유를 간곡히 빌더라.
두 눈알을 받아 든 계모는 흡족하였어라.
장님이 돼 버린 효자는 모든 게 중단이라, 피리라도 잘 배워야지 하고 여러 달을 피리 불며 빌어먹었더라.
고향을 찾은 때는 삼복 더위러라.

피리를 불며 걸음걸음 다가오는 사나이는 처량한 장님이더라.
정자에서 쉬고 있던 아비는 자기 아들만 같아 유심히 보니 틀림없는 아들이라
“너 혹시 안수 아니냐?”
“예, 그렇습니다.”
“아버지 몸은 완쾌하셨습니까?”
“아니다. 아픈 데는 없다.”

"예? 어머니 편지에 아버님이 위중하시어 사람 눈을 달여 먹으면 낫는다는 글을 읽고 제 눈알을 빼 보내드렸습니다."
"아니! 이런 날벼락이……! 생눈을 빼내어 장님을 만든 이 여편네를……!"

달려들어 사연을 물었으나 시치미를 떼더니, 내리 족치자 상자 안 주머니에 둔 말라버린 두 눈알을 꺼내었더라.
"안수야! 안수야!! 불쌍한 안수야!"
아들의 두 눈알을 눈에 넣고 얼마나 울었는지……
"아이고! 아이고……!"
"아버지! 아버지……!"
지쳐 버린 아들은 그대로 고꾸라져 오래오래 곤히 자고 나더니 전신이 쭉 펴지도록 기지개를 펴면서
"아버지!" 하는데, 밝게 웃는 그 모습이 눈 뜬 모습이라.
부자의 눈물로 잘 불은 눈알에 신경이 통해 광명천지를 보게 됐다는 사연의 내용이 '우목낭상'이란다.

천지신명의 도움이었어라. 아이고 고마워라.
관가에 불려간 불여우 계모는 가마솥 끓는 물에 끓여 죽임

을 당했더라.

반드시 천도(天道)가 있고말고.

선생도 모르는 그 어려운 숙제를 설명했으니 최치원의 이름은 당나라 천지에 쫙 퍼져 큰 자랑이 되었으며, 신라의 명성에도 큰 도움이었더라.

도 튼 화가

고려 말쯤의 대 화백 이녕(李寧)은 그림을 잘 그려 생활도 넉넉하였어라.
이웃에 빈궁한 노인 하나, 화가를 불러들여 하는 말이
"자네는 그렇게도 그림을 잘 그려 자네 일만 할 건가?
나 같은 영감도 좀 도운들 어떠하리?"
"예, 죄송합니다. 깊이 생각하겠습니다."

며칠 후 초상화 한 장을 들고 와서 노인께 그림을 내놓으며
"이 그림을 벽에 붙여 놓고 담배 피신 담뱃대로 하루에 한 번만 그림의 코를 건드세요."
"그럼 무슨 일이 생기나?"
"예, 하루 쓸 만큼 돈이 나올 겁니다."
"알았네."
다음날 아침 먹고 담배 피고 바로 그림의 코를 건드렸더니 엽전 몇 닢이 쏟아져……. 하루 먹고 살 만큼 나오는지라.

얼마간 그렇게 살게 되니 재미가 솔솔…….
그런데 이 영감이 왈칵 욕심이 치밀어 포대도 준비하고 일꾼도 몇 명 얻어 아침부터 코를 때리니 엽전이 산더미라.

마침내 그림의 코에 구멍이 뚫렸더라. 엽전도 스톱.

그런데 때마침 중국의 금고가 고갈되더라. 큰 야단났네!
전국을 수색해도 엽전은 오리무중이라 어이할거나.
오라! 이웃 고려에는 재사(才士)가 많다더라. 급파된 수색조들이 샅샅이 뒤지는데…… 영감 댁에 이르러 화가의 도술로 중국 돈이 고갈됐음을 탐지하고, 그 많은 엽전을 도술로 전부 환원 조치케 한 뒤 이녕을 체포하여 중국(元)에 도착 즉시 재판 끝에 사형 언도더라.

사형장의 이녕은 죽기 전에 그림이나 한 장 그리겠노라 청원하여 예성강가 수양버들 휘늘어져 화창한 그 경관에 길에는 한 마리 당나귀를 그렸어라.
다 그린 뒤
"제가 이 당나귀를 한번 타보겠습니다."
"어디 타봐라."
"예."
어이차 올라탄 뒤 회초리로 당나귀를 후려치니 똥그작똥그작 달려간다.

잘~ 간다.
형장의 관리는 "그만 돌아오너라." 소리친다.
그러나 이녕은 돌아보면서
"안녕히 계세요. 난 갑니다."
"아, 저런! 임마! 못 돌아와!"
그냥 똥그작똥그작 사라지고 말더라.
이게 그 유명한 <예성강도> 아닙니까?

적선지가(積善之家)에 필유여경(必有餘慶)이라

조선 말기에 모 정승의 딸이 시집만 가면 상부(喪夫)라.
이런 기가 막힐 일이 어디 있담?
역학(易學) 도사께 딸의 사주를 봐달라 부탁했더니,
도사 왈 "따님의 사주가 센 편이라서……. 그러나 한 사람 있긴 있습니다. 모월 모일 새벽에 남으로 내려가다 처음 만나는 그 청년과 결혼하면 해로(偕老)하겠습니다."

일단 그 말대로 내려가다 여인숙에 유숙하고, 꼭두새벽에 두 량의 가마는 기다림 없는 길을 허둥허둥 내려가는데 저 멀찌감치 한 사람이 올라오는 인기척이라.
앞가마의 정승은 미리 내려 그 청년을 기다리고 섰노라.
가까이 다가오는 젊은이에게 말을 건넨다.
"거두절미하고 저 뒤쪽 가마에 내 딸이 있는데, 오늘 이 시각에 만나는 귀 청년과 결혼하면 행복하게 잘 살 거란 말을 듣고 이렇게 청혼을 하니 부디 허락하기 바라네."
영광 쪽에 사는 이대일(李大一)이란 그 청년은 일언지하에 거절이라.
"이래 봬도 청운의 꿈을 안고 길을 재촉하는 사람에게 아침부터 재수 없이 여자니, 결혼이니…… 기분이 안 좋수다. 비

키시오."

가마 안에서 귀를 세워 듣고 있던 딸에게
"얘야, 이리 나오너라. 네 사주에 두 남자 요절 후엔 저 청년이 천정배필이라서 간절히 사정했건만 거절이라. 이제 네 짝은 이 세상엔 없다 하니 저쪽 푸른 물에 투신하여라."
당시에 엄친의 명령은 태산 같이 엄했으니 그저 들을 수밖에…….
한 걸음, 한 걸음 북쪽의 저 청년만 바라보며 원망하는구나.
'한 말만 들어주면 과거시험 아니 봐도 팔자가 늘어질 텐데……. 누구의 사위라고…….'
남자도 힐끗 남쪽을 바라보자 원한어린 처녀의 눈과 마주쳤어라.
무정하고 각박한 젊은이여!
긴 한숨 내리쉬며 드디어 절벽 위 아가씨는 "아버지!" 외치며 첨벙~ 끝장냈구려.
어허 가련하고 불쌍하여라.

시험장에 도착한 이대일 앞의 문제들은 뻔히 아는 쉬운 문제라, 큰 벼루에 먹물을 묻힌 붓으로 쓰려는데 예쁜 파랑새가 날개에 먹을 묻혀 철벅철벅 방해하는지라.
다른 종이에 또 쓰려 하면 철벅철벅 또 버리니 세상에 이럴 수가…….
서너 차례 버리고 나니 시간이 다 되어 답안지를 못 내니, 아이고 허탈하고 기가 막힌다.
어허 비운이여!

여러분! 이 세상의 여러분!
죽어가는 사람만 살렸다면 일생을 편안하게 행운 길만 걸었을 것 아닙니까?
어떤 어려운 일에 부딪혀도 죽어가는 사람은 일단 살리자오.
그것이 활인(活人)이지요.
여자가 독을 품으면 오뉴월에도 서리가 내린다잖아요.

고려장

고려시대의 그리 좋지 못한 장례제도에 회갑이 지나 노동 불능자가 되면 묘 안에 먹을 것도 좀 넣어 드리고, 촛불도 켜드리며 생매장을 하는 법이 있었으니, 바로 '고려장'이라.

한 문하시중(정승)의 모친도 환갑이 되었는데, 아직 건강한 어머니를 묻을 수가 없어 이목(耳目)을 피해 마루 밑에 모시고 음식 봉양을 하고 있었다.
때마침 매년 원(元)나라와 퀴즈 대결이 있어 기일 내에 정답을 못 내면 일인지하(一人之下) 만인지상(萬人之上)의 그 좋은 자리를 내 놓기로 약정이 됐는지라.
고려의 문제는 이미 답을 알려 왔는데, 원의 문제는 아직 답을 내지 못해 정승은 걱정이 태산이다.

밥을 갖고 마루 밑의 어머니께 가니, 모친이
"얘야! 나 때문에 걱정이 되어 네 얼굴이 그리 수척해지는 것 아니냐? 걱정 좀 그만하고 어서 나를 산에 묻어라."
"어머니, 그것은 절대 아니옵니다."
"그럼, 뭣 때문이냐. 이실직고하여라."
견딜 수 없는 아들은 그대로 말씀 드리고 말았다.

"어머님, 두 마리의 암말 중 어느 것이 어미고 딸인지 구별을 하랍니다."
"그렇구나. 말들은 콩깍지를 잘 먹을 것이니 한 삼태기 담아다 두 마리 중간에 놔두어라."
"그러면요?"
"먼저 먹는 말이 딸이고, 남은 걸 먹는 놈이 어미일 게다."

그대로 실행하여 모녀 말을 가려내니 중국 사신 왈,
"정답이오."
이렇게 정확한 답을 생죽음을 앞에 둔 멀쩡한 어머니가 맞췄으니…….
조정에선 문제 해결의 공을 공고하고 '생매장법'을 안건으로 상정하여 전원일치로 폐지하였어라.
얼마나 시원하고 정당한 법 폐지인가!
신다 닳은 나막신도 꼭 쓸 데가 있는 것이요, 노인을 공경하고 잘 모시는 것은 그 경험에 머리 숙이는 것.
우리 동양 도덕률의 숭고한 전통을 전세계에 수출하여 세계 제일 예의지국의 진면목을 한층 알려야 하지 않겠는가!

이것이 의리(義理)다

중국 춘추시대에 강한 제(齊)나라 대군이 약한 공자의 노(魯)나라를 급습이라.
갑작스런 난리에 남부여대(男負女戴)하고 다리야 나 살려라 혼비백산인데…….

젊은 여인 하나가 6~7세 되는 애는 떼어 놓고, 애 하나를 업은 채 무거운 짐을 이고 달리느라 얼굴은 시커멓다.
어이할거나!
"엄마! 엄마!" 하며 기막히게 울고 있는 저 아이!
어이할거나!
이 기막힌 정경을 상상해 보니 기가 막히네요. 저 아이는 어이하라고 놔두고, 달리는 그 엄마는 뒤돌아보느라 정신이 없네…….
아이고, 어이할거나!
제나라 대군은 홍수처럼 몰려오는데 아이는 처량하게 "엄마! 엄마!" 홀딱홀딱 뛰며 기막히게 울고만 있네.
아이고, 가슴 막혀!

제나라 사령관이 급히 달려와 엄마에게 묻는다.

"어떤 사정으로 애를 떼어놓고 도망치는 게요?"

"예, 예. 우는 애는 제 아들이고, 업은 애는 언니의 아들입니다. 단산한 언니는 죽고, 이 아이가 죽으면 그 가문의 문을 닫게 됩니다. 그래서 이 아이만 업고서 달리고 있습니다. 나는 젊었거니 또 낳으면 되련 하고……."

말을 잇지 못하는 어머니여!

제나라 사령관은 명령한다.

"전군은 후퇴하라. 이 노나라는 과연 성인군자의 나라로다.

한낱 촌부까지도 저리 의리에 차 있거늘…….

이런 나라를 침략해 무슨 이득을 볼 것인가?"

그 사령관은 훌륭한 지휘자로다.

모든 일은 의리에 맞게만 행하자스라.

의리에 찬 그 여자의 그 장거가 풍전등화(風前燈火)의 나라를 구했어라.

오! 장하여라! 침이 마르도록 격찬해도 의리에 찬 그 여인,

그리고 그 장군의 쾌거요, 미덕을 다 말할 수 없네.

마(魔)의 금덩어리

우애 깊은 고려 말의 그 형제들, 봄날의 만화방창을 맘껏 즐기며 한강변의 풍광에 취해 도란도란 거닐다가 번쩍이는 물체를 발견한다.
두 개의 금괴인지라, 하나씩 나눠 갖고 나룻배에 몸을 얹어 한참이나 갔을 적에 동생이 소리를 버럭 지르며 금덩이를 강물에 던져 버린다.
"왜 그러느냐?"
"형님, 그 금덩어리가 틀림없는 미물이어요. 형님의 금괴까지 갖고 싶어……, 형님을 물에 처밀려는 끔찍한 생각이 들었어요."
"오! 그래. 나도 방금 네 금덩이까지 갖고 싶어 너를 강에 쳐밀어버리고 싶더라. 에라, 이놈의 마 덩어리……!"
형도 던져 버리고 말더라.

잘못된 생각을 바로 고치려는 그 용기가 제대로 쌓은 수양의 경과로다. 참으로 장하여라.
금괴의 여울이 일었대서 그곳을 금탄포(金灘浦)라 부르다가, 그 이름 너무 길어 '탄(灘)' 자는 빼고 '김포'라 한다는 지명의 유래더라.

충신(忠臣)

중국의 5호16국시대 그 무렵, 3국 중 오(吳)의 땅의 진(晉)에 강적이 급습이라.
문왕은 화급몽진(火急蒙塵)했지만 쫓기다 완전 포위당했어라.
보급 두절로 왕도 아사 직전에 충신 개자추(介子推)가 볼기살을 도려내어 국으로 잘 끓여 진상이러라.
"무슨 국이 이리도 맛이 좋은고……, 참 잘 먹었노라"
문왕의 감탄사라.

결사탈출로 환도 후 개자추의 위충희생(爲忠犧牲)에 탄복하며 큰 포상을 하려 소환해도 끝내 불응이라…….
은신한 청계산에 방화를 명하여 탈출을 바랐지만, 종내 소사(燒死)러라.

오! 아까운 충신이여!!
개자추가 타죽은 동지 후 103일의 청명절(4월 5일) 무렵, 그날을 전 국민이 소사한 충신을 기릴 수 있도록 한식(寒食)을 명하였도다.

누에의 전설

넓은 들에 심어 가꿔 먹을 것 걱정 없고, 짐승 가축으로 월동하여 태평세상 즐기는 부족국 그 진원(珍原)에 지리산 밑 후미진 곳 부족들이 가끔 침략하여 골칫거리라.
그 부족들 너무 억세 곡식, 가축 약탈하니 어이할거나.
부족장은 큰 꾀를 내어 광고하였어라.
"누구든 그 억센 산골 괴수 목만 끊어 오면 내 딸과 결혼시키겠노라."

어느 날 진원국 왕의 그 애마가 행방불명이라 큰 소동이다.
해질 무렵 온 몸이 땀에 흠질한 그 애마가 거추장스런 물건을 물고 와 위세도 당당히 '으흐흐흐! 으흥! 으흥……!' 고래고래 소리 지른다.
물고 온 건 적장의 반 토막 시신이라. 대단하도다.
왕은 기쁨에 찬 환희의 웃음으로 애마를 쓰다듬으며
"오냐, 참으로 큰 일 했구나. 충마로다! 충마야……!"

며칠 지난 어느 날, 뛰며뛰며 설레는데 너무나 소란하다.
'으흐흐흐! 으흥! 으흥! 으흥!!' 고래고래 소리를 지른다.
하늘 닿게 날뛰는 말을 보며 부족장 앞에 딸이 나타나

"아바마마, 아무리 미물이라도 약속을 지키지 않고 있으니 저 말이 화가 치민 게 아닐런지요? 적장만 죽이면 저와 결혼시키겠다 약속하셨잖아요?"
"에이, 그렇지만 말과 어찌 결혼을…… 에이 요망한 것. 그건 안 된다. 절대 안 돼."
"아버님, 승낙하시옵소서."

산천이 찢어지게 지르는 저 괴성 때문에 온 백성이 참기 힘들어라.
"에이, 못된 놈! 저놈을 단칼에 목을 쳐라!"
죽여 말가죽을 쫙 펴 봄볕에 말리는데……,
따뜻한 봄날을 즐겨 산책하던 공주가 없어졌어라.

진원국에 큰 소동이라. 어이할거나…. 아! 마당에 말리던 말가죽도 없어졌구나.
전국에 명령하여 "공주와 말가죽을 찾도록 하라."
며칠 뒤 변방의 한 백성이 말가죽을 찾아 헌납하였다.
돗자리처럼 돌돌 말린 가죽을 펴자, "깜짝이야! 누에 한 마리가 놀고 있잖아!"

오호, 공주의 넋이 누에로 변한 게 틀림없어라.
누에의 머리는 흡사 말 머리요, 몸은 여자의 살결처럼 부드럽기만 하다.
이렇게 적절한 전설이 전해오다니 참으로 놀랍구려.
진원에 누에의 사당도 있다는데…….

전남 장성의 누에조형물

개 무덤의 최부자

경주 근처의 따뜻한 마을에 사는 최생원은 애견 누렁이를 그렇게도 애지중지하였어라.
최생원이 어느 날 장 보러 출타 중 친구를 만나 술 몇 잔 마시고 곤드레만드레 돌아오는 중이었다.
충견 누렁이는 주인을 기다리다 못해 길 따라 이곳저곳 주인을 찾던 중 불이 번지는 논둑 근처에서 술에 떨어져 잠이 든 주인을 발견한지라. 좋기는 하지만 불이 곧 번져 몹시 다급하여라.
의리에 찬 충견은 냇물에 뛰어들어 온 몸을 적시어 그 세찬 불을 끄느라 기진맥진. 몇 십 번 적신 몸으로 불은 완전히 잡혔어라…….

한데서 잠이 든 최생원은 추운 기가 들자 새벽잠이 깨어 비틀비틀 돌아왔는데, 누렁이의 마중이 없는지라 정신이 바짝 들어 되돌아가며 "누렁아, 누렁아." 아무리 불러도 대답이 없어…… 불타던 논둑까지 가보니 아! 이 놀라움이여!
불에 타게 된 주인을 살리느라 온 몸이 젖어 지쳐 죽고야 말았구나.
"누렁아! 누렁아! 불쌍한 누렁아!! 나는 살려 놓고 나 대신 죽었느냐!! 아이고 가엾어라. 고마워라."

추슬러 업고 훌쩍 훌쩍 돌아와 뒷밭에 정성껏 묻어 주고 표적으로 무덤에 나무 한 그루 심어 줬대요.
묘 위의 그 나무가 무럭무럭 자라나니…….
'묘의 흔적이 없어지겠구나!'

그 거목을 베어내고 묘를 정리한 후, 그 큰 나무로 절구를 만들어 나락 넣고 찧으니 곱절의 쌀이 나오는지라 신기해라.
최생원은 신이 나서 계속 도굿대질을 하는구나!
날로, 달로 불어나는 그 많은 백미가 돈이 되어 장만할 것 다 사고, 논도 사고 밭도 사고 큰 부자 되었더라.

이런 충견의 기상천외(奇想天外)한 이야기는 꿈에서도 못 볼 특이한 사건이 아닙니까?
최부자는 고마운 누렁이 넋에 정성껏 제사도 지냈다 이거.
참으로 아름다워라.

<평론>

중산 최병두 선생의 주저와 절망과 구김이 없는 시심

임춘임 /시인

전남 장성 출생
장성문인협회 회장
전남문인협회 부회장
전남문학상 수상
전라남도지사 공로패
시집 《이모가 우리 엄마 해줄래?》 외 1권
월간 시사문단 시 신인상
계간 문학춘추 시조시인상

(※ 편집자 주 : 이 글은 2020년 연간지 「장성문학」에 특집으로 게재된 내용임을 밝힙니다.)

하나. 한 일에만 미쳐야 뭣인가 된다.

도서출판 신대종에서 제1시집을 발간했다. 교과서처럼 두터운 책은 시집보다는 소설책에 가깝다 할 수 있다. 뉴스에서 들려주는 4살 아이 사연에 눈물지으시며 그 이야기를 시로 쓸 만큼 일상을 시집에 담았기 때문이다.

시인 이현도(李玄度) 선생은 추천서에 2세 국민의 교육에 정열을 쏟아 부으신 조용하면서도 살아 움직이는 시를 쓰신다는 것은 참으로 훌륭한 일이며, 숨을 쉬는 역동적인 감동이 있으리라 하였다. 날개 없는 빈 몸으로 하늘을 나는 그 정신에 놀라움을 금치 못하며 막막한 세상에 괴로울 때가 오면 오히려 큰 바위라도 뚫고 일어서려는 무서운 의지가 제1집 '한 일에만 미쳐야 뭣인가 된다'에 녹아 있다 표현했다.

선생의 시 구절 중 '파랑새 푸른 깃발'이 보여주시는 '십 년 달군 푸른 칼날이 무지개로 피어난다'라고 하는 구절에서 바른 마음의 섬찟한 칼날이 스쳐 지나가는 것처럼 참으로 날카로운 표현이었다 하면서 선생의 정의로운 칼날 같은 문학적인 표현에 선생의 시세계에 빠져들지 않을 수 없다 했다.

이러한 구국의 혼이 담긴 시를 눈으로만 읽어 버릴 것이 아니라 가슴으로 읽고 몸으로 읽고 혼으로 읽어 나가면서 세상을 보는 눈이 열려져야 되겠다 했으며, 선생의 혼을 쏟아 부어 빚어낸 제1시집 《한 일에만 미쳐야 뭣인가 된다》라는 시집은 독자들에게 활력소가 되고도 남으리라 소견을 밝혔다.

또한 같은 교육계에서 활동하던 심상문(沈相雯) 선생은 시집 축사에서 백두대간 용트림쳐 내려오다 노령산맥이 한가닥 휘어돌아 자리한 곳, 삼계면 부성골에 생을 받은 중산 최병두 선생을 소년시절부터 지상에 오를 정도로 글솜씨가 뛰어났던 고성산의 정기를 닮아 강한 책임감과 희생봉사 정신으로 무장한 애향, 애국자로서 고장 교육에도 정열을 쏟아 부어 사명감이 넘치는 교육자라고 칭송하였다.

특히 충효사상을 널리 고취시켜 무너져 가는 애국심과 도덕 사회를 부활시키려는 작품사상은 그 어떤 시에서도 볼 수 없는 현실에 부합한 표현이기에 너무 깊은 감동을 받아 세상 사람들에게 감히 일독을 서슴없이 권하는 바라고 했다.

야속타 그 엄마야 가출 엄마야
뜨새며 한숨 짓는 남편만 두고
네 살 난 초롱 딸은 어이 크라고
훌쩍 떠난 엄마야 불륜 엄마야
뉴-스로만 보아도 가슴이 탄다

<보육원에 끌려가는 철부지 딸아>

아들이 외가 왕래 친정이약 떠벌릴 제
늙으신 그 얼굴에 파안대소 하시누나
여자는 파파 늙어도 친정만은 그립군

<여자는 늙어도 친정은 좋아>

이렇듯 선생은 생활 안에서 찾아지는 기쁨과 슬픔을 시로 표현했으며, 애처러움과 안타까움마저도 긍정의 마무리를 짓는 아름다운 시 세상을 노래하였다.

내일 지구가 깨진다 해도
내일 이세상이 끝장이 나도
오늘까지만은 성실히 살자
하늘이 무너져도 솟을 길 있다

<내일 지구가 깨질지라도>

아침과 저녁은 굶을지라도
의롭게만 산다면 바랄 게 없고
나라에는 충의로, 모든 일은 정의로
벗과는 신의로만 살아갈진저

<의(義)롭게 사는 것이 참 삶이란다>

두울. 한 많은 DMZ

3남 1녀의 자녀는 서울대학교 졸업시켜 2명은 고등고시 합격, 2명은 박사학위 취득하여 평생을 교육계에 몸담고 후학 양성에 이바지한 아버지의 가르침대로 생활하는 모범생들이다. 이처럼 선생은 한결같은 교육관으로 일생을 살았다.

두 번째 시집 《한 많은 DMZ》는 구성부터 남다르다. 사진과 그림을 삽입하고 선생의 출판을 축하하는 축간사에 많은 원로들이 참여해 주었다.

선생은 <펴내는 글>에서 '쑥스러운 생각이 가슴을 조인다, 그러나 자신의 느낌과 생각을 누구나 엮어냄이 아님을 생각하니 그저 내 멋에 취해 써본다는 이 자체로도 문인스러움이 아닌가 스스로를 달래며 붓을 곤두세운다 했다.

시, 시조, 수필 등 방향스러움과 문향과 정향이 듬뿍하여 마음을 사로잡고 그냥 취해 빠지게만 쓰는 시라면 말할 게 없겠으나 혹자는 너무 멋을 부리려다 이해할 수 없이 어리둥절하게 지은 글도 읽어본 저자는 이래서야 무슨 문장이라 하겠는가 반문하면서 계몽시, 사사시 위주로 써 모았다 하면서, 우국과 애국의 결핍으로 우리가 저질러 그어진 휴전선과 남북 분단의 고달픔에서 자성, 자각을 일깨우고자 애국과 우국의 긍정으로써 엮었음을 자긍으로 여긴다 하였다.

미사여구만 늘어 놓은 글이 안 되도록 노력하였고, 나라 없는 서러움을 겪어보지 못한 젊은이들과 통일과 안보에 별 관심이 없이 사는 안일한, 즉 비국민적 애국 애족심의 결여자들에게도 조금이나마 보탬이 되었으면 하는 간절한 마음으로 엮어 펼친 두 번째 시집이다.

축간사에 제목에 이르면 공통점이 있다. 즉 우리 고유의 전통을 계승·발전시키는 촉진제, 가슴을 울리는 감동, 나라와 겨레를 사랑하고, 통일을 염원하는 노시인, 훈훈한 민족혼을 일깨우는 정수!, 우리들의 앞길에 선도적 횃불을 비추는 지혜, 마음의 기둥을 세우게 하는 주옥 같은 시(時), 계몽적·서사적 시어로 용기와 지혜를 불러일으키는 시구(時句) 등이다.

반짝이는 강이 내려다보이는 그 언덕길을
어머니는 보따리를 이고 꼬부랑길을 구부린 채
어린 여동생과 함께 떠나가셨다
아장아장 철부지 여동생은 영문 모르고 그냥 그냥……
.
.
.
강가의 밭으로 내려가
어머니의 바구니 있던 자리를
물끄러미 바라보곤 돌아선다
어느새 어둠은 다가와 내 뺨의 얼룩을 씻어준다.

<한(恨) 많은 DMZ>

이 시에는 어머니가 어린 동생의 손을 잡고 떠나던 모습이 담겨 있고, 아무것도 모르던 여동생은 그냥 어머니를 따라가는데, 그 길을 바라보며 눈물짓는 선생의 여린 마음엔 봄, 여름, 가을, 겨울을 통한 인생의 소중함이 다 담겨 있다.

꽁꽁 얼어붙은
휴전선 그 곳
모든 짐승도 숨어 버린 날
온통 허연 언덕에
하염없이 쏟아지는 저 눈

눈보라도 눈앞도 완전히
가려졌는데
저편 동포들은 어이 살거나
아아! 내 가슴 저려오네

<눈 오는 날>

여기에 동족애를 느끼지 않을 수 없다. 하얀 눈 속에 어찌 북쪽 동포들이 걱정스러웠을까, 어떻게 그런 마음을 표현할 수 있었을까, 그 애잔하고 아려운 마음을 눈 속에서도 피어나게 할 수 있었을까.

우리는 선생의 이런 마음에서 동포애를 느끼고 공감하면서 한 페이지 한 페이지 읽어 나간다. 그러면서 같이 애국심을 불태우고 같은 민족임을 깨달으면서 현실에 처해진 우리들의 분단국가를 다시금 곱씹어 본다.

1929년생, 90살은 훨씬 넘겨 버린 선생의 그동안의 삶을 회고하며, 남은 인생을 정리하는 시를 쓴다.

한 날 한 시에 도란도란 손잡고
떠나자구요
몸뚱이는 고스란히 눕혀둔 채
낙엽을 밟으며 스산한 석양 길을
사뿐사뿐 거닐 듯이

석양도 반송(盤松)의 손짓에
못내 못내 뉘엿뉘엿 머뭇거리듯
아! 인생은 일장춘몽이던가

<노(老)부부의 정담>

분단선의 을씨년스런 늦가을
단풍이야 어디인들 다를까마는
사람들이 정 안 주는 쓸쓸한 이곳
억새들만 억세게 울어대느냐

언제쯤 발길 닿게 찾아들 둘려?
언제쯤 육, 해, 공 그 길이 틔어
비비대고 조잘조잘 붐비게 살까
열화 같은 동포애로 그 두꺼운 얼음벽을

핸드폰이 있어도 통할 수 없고
TV도 못 통하는 막막함이여
조건 없이 만나세, 말문들 여세
원수도, 악수도 절대 아닌데

아기자기 정 많은 배달족끼리
천하에 그럴 수는 진짜 없는 일
피보다 진한 게 뭣이 있던고
그냥 만나자고, 만나자니까

왜 그리 헐뜯고 흘겨만 보노
신라, 고려, 조선 때 생각들 하며
뜨거운 포옹으로 하나들 되어
다독이며 나누며 정겹게 살세

우리끼리 통하는데 누가 뭐라 해
한국, 조선, 그것 아닌 민족끼린데
쫑구어, 양코배기 말들 못할 것
어서 합쳐 시너지 효과 내보자니까

달밤엔 연인들도 오고갈 그 길
오늘도 기러기 떼만 끼욱 끼욱
울고만 가네
또 울고만 오네

<지쳐 버린 DMZ> 전문

우리는 선생의 시에서처럼 애국 애족 정신을 가다듬고 나라 사랑하는 마음으로 온 우주를 돌아다 보면, 우리에게 달밤에 손잡고 그곳을 오가며 행복한 데이트를 하는 날이 오지 않겠는가.

기러기 떼만 울고 오가는 그곳이 아닌 우리가 하나 되어 손잡고 오가는 그곳이 되기를 더욱 고대해 본다.